俄苏文学经典译著·长篇小说

普希金（1799—1837）

　　俄国著名的文学家。出身贵族。在皇村学校求学时受十二月党人以及拉吉舍夫和恰达耶夫等人思想影响。后发表《自由颂》《致恰达耶夫》等诗，抨击农奴制度，歌颂自由与进步。他诸体皆擅，在诗歌、小说、戏剧乃至童话等多个领域为现代俄国文学提供了典范。代表作有《上尉的女儿》《叶甫盖尼·奥涅金》《青铜骑士》等等。其创作活动备受沙皇政府迫害，最后在阴谋布置的决斗中遇害。

孙　用（1902—1983）

　　文学翻译家、鲁迅研究专家。杭州人。原名卜成中。1919年杭州私立宗文中学毕业后，在邮政部门工作，二十年间坚持自学英语和世界语，从事翻译。1950年到上海鲁迅著作编刊社工作，后调到人民文学出版社鲁迅著作编辑室、编译所工作，编校《鲁迅全集》。主要译作有《卡勒瓦拉》《上尉的女儿》《苏联作家自述》《裴多菲诗选》等等。

Капитанская

дочка

Pushkin

俄苏文学经典译著·

长 篇 小 说

Russian

Literature

Classic.

NOVEL

上尉的女儿

[俄]普希金 著

孙用 译

三联书店

图书在版编目（CIP）数据

上尉的女儿 /（俄罗斯）普希金著；孙用译. ——北
京：生活·读书·新知三联书店，2020.3
（俄苏文学经典译著·长篇小说）
ISBN 978 – 7 – 108 – 06740 – 1

Ⅰ. ① 上 ... Ⅱ. ① 普... ② 孙 ... Ⅲ. ① 长篇小说–俄
罗斯–近代　Ⅳ. ① I512.44

中国版本图书馆CIP数据核字（2019）第298910号

责任编辑　陈丽军
封面设计　樱　桃
责任印制　黄雪明
出版发行　生活·讀書·新知 三联书店
　　　　　（北京市东城区美术馆东街 22 号）
邮　　编　100010
印　　刷　常熟高专印刷有限公司
版　　次　2020 年 3 月第 1 版
　　　　　2020 年 3 月第 1 次印刷
开　　本　650 毫米×900 毫米　1/16　印张　9.75
字　　数　120 千字
定　　价　39.00 元

出版说明

本丛书是对中国左翼作家所译俄苏文学经典一次系统的整理和展现，所辑各书均为名家名译，这不仅是文献和版本意义上的出版，更是对当时红色文化移植的重新激活。

早在1948年生活书店、读书出版社、新知书店合并为生活·读书·新知三联书店前，三家出版社就以引介俄苏经典文学和社会理论图书等为己任。比如1937年生活书店出版托尔斯泰的《安娜·卡列尼娜》，1946年新知书店出版《钢铁是怎样炼成的》。1949年以后，虽然也有出版社对俄苏文学经典进行重译、重编，但难免失去了初始的本色，并且遗失了些许当时出版的有价值的译著；此外，左翼作家的译介因其"著译合一"的特点，在众多译本中，自有其价值；更重要的是，这些文学经典蕴含的对生活的热情、对信仰的坚守、对事业的激情在今天亦鼓动人心，能给每一位真诚活着的人以前行的动力。因此，系统地整理出版左翼作家翻译的俄苏文学经典是必要的。

我们在对书稿进行加工时，主要遵循了以下原则：

一、本丛书为重排本，由繁体字竖排版改为简体字横排版。

二、忠实原作，保持原译语言风格及表现方式；对书中人物及相关译名除必要的规范外基本保留。

三、原书注释如旧，编者所出的注释，均以"编者注"标明，以示与原书注释的区别。

四、对原书中各种错讹脱衍之处，直接订正。

五、数字只要统一、规范，基本沿用；对标点符号的用法，尽可能做到规范。

六、在不影响原译意的情况下，对个别表述可能有歧义的字句进行必要斟酌处理。

俄苏文学经典译著

总　序

生活·读书·新知三联书店推出"俄苏文学经典译著·长篇小说"丛书，意义重大，令人欣喜。

这套丛书撷取了 1919 至 1949 年介绍到中国的近 50 种著名的俄苏文学作品。1919 年是中国历史和文化上的一个重要的分水岭，它对于中国俄苏文学译介同样如此，俄苏文学译介自此进入盛期并日益深刻地影响中国。从某种意义上来说，这套丛书的出版既是对"五四"百年的一种独特纪念，也是对中国俄苏文学译介的一个极佳的世纪回眸。

丛书收入了普希金、果戈理、屠格涅夫、陀思妥耶夫斯基、托尔斯泰、高尔基、肖洛霍夫、法捷耶夫、奥斯特洛夫斯基、格罗斯曼等著名作家的代表作，深刻反映了俄国社会不同历史时期的面貌，内容精彩纷呈，艺术精湛独到。

这些名著的译者名家云集，他们的翻译活动与时代相呼应。20 世纪 20 年代以后，特别是"左联"成立后，中国的革命文学家和进步知识分子成了新文学运动中翻译的主将和领导者，如鲁迅、瞿秋白、耿济之、茅盾、郑振铎等。本丛书的主要译者多为"文学研究会"和"中国左翼作家联盟"的成员，如"左联"成员就有鲁迅、茅盾、沈端先（夏衍）、赵璜（柔石）、丽尼、周立波、周扬、蒋光慈、洪灵菲、姚蓬子、王季愚、杨骚、梅益等；其他译者也均为左翼作家或进步人士，如巴金、曹靖华、罗稷南、高植、陆蠡、李霁野、金人等。这些进步的翻译家不仅是优秀的译者、杰出的作家或学者，同时他们纠正以往译界的不良风气，将翻译事业与中国反帝反封建的斗争结合起来，成为中国新文学运动中的一支重要力量。

这些译者将目光更多地转向了俄苏文学。俄国文学的为社会为人生的主旨得到了同样具有强烈的危机意识和救亡意识，同样将文学看作疗救社会病痛和改造民族灵魂的药方的中国新文学先驱者的认同。茅盾对此这样描述道："我也是和我这一代人同样地被'五四'运动所惊醒了的。我，恐怕也有不少的人像我一样，从魏晋小品、齐梁词赋的梦游世界中，睁圆了眼睛大吃一惊的，是读到了苦苦追求人生意义的19世纪的俄罗斯古典文学。"[1] 鲁迅写于1932年的《祝中俄文字之交》一文则高度评价了俄国古典文学和现代苏联文学所取得的成就："15年前，被西欧的所谓文明国人看作未开化的俄国，那文学，在世界文坛上，是胜利的；15年以来，被帝国主义看作恶魔的苏联，那文学，在世界文坛上，是胜利的。这里的所谓'胜利'，是说，以它的内容和技术的杰出，而得到广大的读者，并且给予了读者许多有益的东西。它在中国，也没有出于这例子之外。""那时就知道了俄国文学是我们的导师和朋友。因为从那里面，看见了被压迫者的善良的灵魂，的酸辛，的挣扎，还和40年代的作品一同烧起希望，和60年代的作品一同感到悲哀。""俄国的作品，渐渐地绍介进中国来了，同时也得到了一部分读者的共鸣，只是传布开去。"鲁迅先生的这些见解可以在中国翻译俄苏文学的历程中得到印证。

中国最初的俄国文学作品译介始于1872年，在《中西闻见录》的

---

[1] 茅盾：《契诃夫的时代意义》，载《世界文学》1960年1月号。

创刊号上刊载有丁韪良（美国传教士）译的《俄人寓言》一则。[1] 但是从 1872 年至 1919 年将近半个世纪，俄国文学译介的数量甚少，在当时的外国文学译介总量中所占的比重很小。晚清至民国初年，中国的外国文学译介者的目光大都集中在英法等国文学上，直到"五四"时期才更多地移向了"自出新理"（茅盾语）的俄国文学上来。这一点从译介的数量和质量上可以见到。

首先译作数量大增。"五四"时期，俄国文学作品译介在中国"极一时之盛"的局面开始出现。据《中国新文学大系》（史料·索引卷）不完全统计，1919 年后的八年（1920 年至 1927 年），中国翻译外国文学作品，印成单行本的（不计综合性的集子和理论译著）有 190 种，其中俄国为 69 种（在此期间初版的俄国文学作品实为 83 种，另有许多重版书），大大超过任何一个国家，占总数近五分之二，译介之集中可见一斑。再纵向比较，1900 至 1916 年，俄国文学单行本初版数年均不到 0.9 部，1917 至 1919 年为年均 1.7 部，而此后八年则为年均约十部，虽还不能与其后的年代相比，但已显出大幅度跃升的态势。出版的小说单行本译著有：普希金的《甲必丹之女》（即《上尉的女儿》），陀思妥耶夫斯基的《穷人》、《主妇》（即《女房东》），屠格涅夫的《前夜》、《父与子》、《新时代》（即《处女地》），托尔斯泰的《婀娜小史》（即《安娜·卡列尼娜》）、《现身说法》（即《童年·少年·青年》）、《复活》，柯罗连科的《玛加尔的梦》和《盲乐师》，路卜洵的《灰色马》，阿尔志跋绥夫的《工人绥惠略夫》等。[2] 在许多综合性的集子中，俄国文学的译作也占重要位置，还有更多的作品散布在各种期刊上。

其次翻译质量提高。辛亥革命前后至"五四"高潮前，中国的俄国

---

[1] 可参见笔者在《二十世纪中俄文学关系》（学林出版社，1998；高等教育出版社，2002）中的相关考证。

[2] 这套丛书中收入了这一时期张亚权译的柯罗连科的《盲乐师》（商务印书馆，1926）。

文学译介均为转译本，且多为文言。即使一些"名家名译"，如戢翼翚译的普希馨《俄国情史》（即普希金《上尉的女儿》，1903）、马君武译的托尔斯泰的《心狱》（即《复活》，1914）、林纾和陈家麟合译的托尔斯泰的《罗刹因果录》（收八篇短篇，1915）等，也因受当时译风的影响，对原作进行改动或发挥之处颇多，有的译作几近于演述。1919年以后，译者队伍与译风发生了根本上的变化。一批才气横溢的通俄语的年轻人加入了俄国文学作品翻译的队伍，其中有瞿秋白、耿济之、沈颖、韦素园、曹靖华等。以本套丛书入选译本最多的译者耿济之为例。耿济之早年在俄文专修馆学习，1919年在《新中国》杂志上发表最初的译作，即托尔斯泰的《真幸福》（即《伊略斯》）和《旅客夜谭》（即《克莱采奏鸣曲》）等作品。20年代初期，耿济之又有果戈理的《马车》和《疯人日记》、赫尔岑的《鹊贼》、屠格涅夫的《村之月》、奥斯特洛夫斯基的《雷雨》、托尔斯泰的《家庭幸福》和《黑暗之势力》、契诃夫的《侯爵夫人》等重要译作。此后他一发不可收，数十年间译出了大量的俄国文学名著，是中国早期产量最多和态度最严肃的俄国文学译介者。当然，这时期仍有相当一部分翻译家依然利用其他语种的文字在转译俄国文学作品，如鲁迅、周作人、李霁野、郑振铎、赵景深、郭沫若等。这些译者大多学养深厚，译风严谨。鲁迅在20年代前期和中期译出了阿尔志跋绥夫的《工人绥惠略夫》《幸福》《医生》和《巴什唐之死》、安德列耶夫的《黯淡的烟霭里》和《书籍》、契诃夫的《连翘》、迦尔洵的《一篇很短的传奇》等不少俄国文学作品。尽管是转译，但翻译的水准受到学界好评。

20世纪二三十年代，中国文坛开始引进苏俄文学。1931年12月，瞿秋白在给鲁迅的信中谈到：有系统地译介苏联文学名著，"这是中国普罗文学者的重要任务之一"[1]。不少出版社在20年代末相继推出

---

[1] 瞿秋白：《论翻译》，见《瞿秋白文集》第2卷，人民文学出版社1954年版。

"新俄文学"作品专集。最早出现的是由曹靖华辑译、北平未名社1927年出版的《白茶（苏俄独幕剧集）》一书。而后，鲁迅、叶灵凤、曹靖华、蒋光慈、傅东华、冯雪峰和郭沫若等辑译的各种苏联文学作品集相继问世。这一时期，译出了不少活跃于十月革命前后的苏俄著名作家的作品。比较重要的有：拉夫列尼约夫的《第四十一》、革拉特珂夫的《士敏土》、绥拉菲莫维奇的《铁流》、法捷耶夫的《毁灭》、聂维罗夫的《不走正路的安得伦》、雅科夫列夫的《十月》、伊凡诺夫的《铁甲列车Nr. 14-6》、富曼诺夫的《夏伯阳》、肖洛霍夫的《静静的顿河》（前两部）和《被开垦的处女地》、奥斯特洛夫斯基的长篇小说《钢铁是怎样炼成的》、诺维科夫-普里波伊的《对马》、马雅可夫斯基的诗集《呐喊》、爱伦堡等人的报告文学集《在特鲁厄尔前线》和阿·托尔斯泰的剧本《丹东之死》等。

这一时期，作品被译得最多的作家是高尔基。最早出现的是宋桂煌从英文转译的《高尔基小说集》（上海民智书局，1928）。这部小说集中载有《二十六个男和一女》和《拆尔卡士》（即《切尔卡什》）等五篇作品。最早出现的单行本是沈端先（即夏衍）从日文转译的高尔基的《母亲》。[1] 30年代中国出版的有关高尔基的文集、选集和各种单行本更多，总数达57种，如鲁迅编的《戈里基文录》、瞿秋白译的《高尔基创作选集》、黄源编译的《高尔基代表作》、周天民等编选的《高尔基选集》（六卷）等。此外问世的还有：鲁迅等译的短篇集《恶魔》和《俄罗斯的童话》、史铁儿（即瞿秋白）译的《不平常的故事》、巴金译的短篇集《草原故事》、丽尼译的《天蓝的生活》、钱谦吾（即阿英）译的《劳动的音乐》、蓬子译的《我的童年》、王季愚译的《在人间》、杜畏之等译的《我的大学》、何素文译的《夏天》、何妨译的《忏悔》、罗稷南译的《四十年间》、赵璜（即柔石）译的《颓废》（即《阿尔达莫诺夫家

---

[1] 该书1929年由上海大江书铺出版第一部，次年出版第二部。

的事业》）、钟石韦译的《三人》、李谊译的《夜店》（即《底层》）和贺知远译的《太阳的孩子们》等。

进入20世纪40年代，由于苏德战争和太平洋战争的爆发，中国文坛把自己的目光转向了苏联卫国战争文学。1942年在上海创刊（1949年终刊）的《苏联文艺》发表的各类作品的总字数达六百多万字，其中大部分是反映苏联卫国战争的文学作品。此外，仅就单行本而言，各出版社出版或重版的此类书籍的数量有百余种之多。这些作品极大地鼓舞了中国人民反抗外族入侵和黑暗统治的斗志。也许今天的人们已经淡忘了它们，有些作品从艺术上看似乎也有些逊色。但是，其中经受住了历史检验的优秀之作，仍值得我们珍视。这一时期，苏联其他一些文学作品也有译介。值得一提的有：肖洛霍夫的《静静的顿河》（全译本）、叶赛宁、勃洛克和马雅可夫斯基合集的《苏联三大诗人代表作》、阿·托尔斯泰的《苦难的历程》和《彼得大帝》、费定的《城与年》、奥斯特洛夫斯基的《暴风雨所诞生的》、潘诺娃的《旅伴》、克雷莫夫的《油船德宾特号》、波列伏依的《真正的人》、卡达耶夫的《时间呀，前进！》、列昂诺夫的《索溪》、冈察尔的《旗手》（第一部）、包戈廷的剧本《带枪的人》《苏联名作家专集》（共五辑）等。其中不少名著在这一时期初次被译成中文。可以说，至20世纪40年代末，苏联重要的主流文学作品译介得已相当全面。

1919年以后的30年间，译介到中国的俄苏文学作品产生了巨大的影响。钱谷融教授曾经生动地描述过抗战时期他随学校迁至四川偏远小城，在那里迷上俄国文学的一些情景。他还表示自己"是喝着俄国文学的乳汁而成长的"，"俄国文学对我的影响不仅仅是在文学方面，它深入到我的血液和骨髓里，我观照万事万物的眼光识力，乃至我的整个心灵，都与俄国文学对我的陶冶薰育之功不可分。我已不记得最先接触到的俄国文学名著是哪一本了，总之是一接触到它就立即把我深深地吸引住了，使我如醉如痴，使我废寝忘食。尽管只要是真正的名著，不管它是英、美的，法国的，德国的，还是其他国家的，都能吸引我，都能使我迷醉。但是论其作品数量之多，吸引我的程度之深，则无论哪一国的文学，都比不上俄国文学"。这样的感受和评价在那一时代的知识分子中并不罕见。

由于社会的、历史的和文学的因素使然，中国知识分子（特别是左翼知识分子）强烈地认同俄苏文化中蕴含着的鲜明的民主意识、人道精神和历史使命感。红色中国对俄苏文化表现出空前的热情，俄罗斯优秀的音乐、绘画、舞蹈和文学作品曾风靡整个中国，深刻地影响了几代中国人精神上的成长。除了俄罗斯本土以外，中国读者和观众对俄苏文化的熟悉程度举世无双。在高举斗争旗帜的年代，这种外来文化不仅培育了人们的理想主义的情怀，而且也给予了我们当时的文化所缺乏的那种生活气息和人情味。因此，尽管中俄（苏）两国之间的国家关系几经曲折，但是俄苏文化的影响力却历久而不衰。

在中国译介俄苏文学的漫漫长途中，除了翻译家们所做出的杰出贡献外，还有无数的出版人为此付出了艰辛的努力，甚至冒了巨大的风险。在俄苏文学经典的译著中，我们常常可以看到商务印书馆、中华书局、开明书店、文化生活出版社等出版社的名字，也常常可以看到三联书店的前身生活书店、读书出版社、新知书店的名字。这套丛书中就有：生活书店 1936 年出版的、由周立波翻译的肖洛霍夫的小说《被开垦的处女地》，生活书店 1936 年出版的、由王季愚翻译的高尔基的小说《在人间》，生活书店 1937 年出版的、由周扬和罗稷南翻译的列夫·托尔斯泰的小说《安娜·卡列尼娜》，新知书店 1937 年出版的、由梅益翻译的普里波伊的小说《对马》，读书出版社 1943 年出版的、由王语今翻译的奥斯特洛夫斯基的小说《暴风雨所诞生的》，新知书店 1946 年出版的、由梅益翻译的奥斯特洛夫斯基的小说《钢铁是怎样炼成的》，生活书店 1948 年出版的、由罗稷南翻译的高尔基小说《克里·萨木金的一生》。熠熠生辉的名家名译，这是现代出版界在中国文化发展史上写就的不可磨灭的一笔。这套丛书的出版也是三联书店文脉传承的写照。

　　尽管由于时代的发展，文字的变迁，丛书中某些译本的表述方式或者人物译名会与当下有所差异，但是这些出自名家之手的早期译本有着独特的价值。名译与名著的辉映，使经典具有了恒久的魅力。相信如今的读者也能从那些原汁原味的译著中品味名著与译家的风采，汲取有益的养料。

陈建华

2018 年 7 月于沪上西郊夏州花园

爱惜名誉要从幼小时候起。

——谚语

目　次

第一章　近卫军中士 ·················· 1

第二章　向导 ·················· 11

第三章　要塞 ·················· 22

第四章　决斗 ·················· 29

第五章　爱情 ·················· 39

第六章　普加乔夫的暴动 ·················· 47

第七章　进攻 ·················· 58

第八章　不速之客 ·················· 66

第九章　离别 ·················· 75

第十章　围攻 ·················· 80

第十一章　叛徒的村子 ·················· 88

第十二章　孤女 ·················· 99

第十三章　逮捕 ·················· 106

第十四章　审判 ·················· 113

略去的一章 ·················· 124

译后记 ·················· 136

第一章

近卫军中士

如果到近卫军去，明天他就是上尉。

不，还是让他在一般的军队里当差。

说得太好了！让他锻炼锻炼吧……

……

可是，他的父亲是谁？

克涅什宁[1]

我的父亲，安得烈·彼得罗维奇·格利涅夫，少年时在米尼赫[2]

---

[1] 克涅什宁（一七四二——一七九一）是俄国诗人及戏剧家，这里的题词引自他的喜剧
《吹牛者》。——原注

[2] 俄国元帅，一七三五至一七三九年间他领导对土耳其的战争。——原注

伯爵部下服务，到……当陆军中校的时候退休。从那时起，他就住在西姆比尔斯克[1]的自己的村庄里[2]，同一位当地穷贵族的女儿阿芙多吉雅·伐西列芙娜·尤结婚。我们一共有兄弟姊妹九人。我的兄弟姊妹都很小就死了。我还在母亲肚子里的时候，就仗着我们的近亲、近卫军少校勃公爵的照应，已经登记为近卫军谢苗诺夫团[3]的中士了。万一母亲生了一个女孩子，那么父亲就会向该管理机关声明那一个未到差的中士已经死了，这件事情也就作为罢论。我是作为在假的，一直到我求学的年限满了为止。[4]在那个时代，我们所受的教育跟现在不一样。我从五岁起，就被托付给马夫[5]萨威里奇，因为他不好喝酒，就叫他来做我的管教人[6]。在他的照管下，我在不满十二岁的时候，学会了认识俄文，而且能够很好地判断猎狗的性质。这时，我的父亲又给我雇了一个法国人，麦歇[7]蒲伯勒，他是跟够我们用一年的葡萄酒和上等橄榄油一起从莫斯科运来的。他一来，很使萨威里奇不高兴。"要谢谢上帝，"他自言自语地发牢骚说，"这孩子已经梳洗得很好了，喂得很饱了。真用得着白白花钱，雇一个麦歇吗？就好像本国人不够用似的！"

蒲伯勒在他本国原是理发师，后来在普鲁士当兵，最后他到俄国来 pour être "outchitel"[8]，尽管他还不很明白老师这个字的意义。他是一个很好的小伙子，然而非常轻佻和放荡。他的主要弱点是迷恋女色。他

---

[1] 列宁的故乡，现在叫乌里扬诺夫斯克。

[2] 在农奴制废除以前的沙皇俄国，地主都有一个或一个以上的村庄，村庄里的农民都是他们的农奴。

[3] 俄皇彼得一世时建立近卫军，分为四团，谢苗诺夫团就是其中之一。

[4] 从彼得一世时起，贵族要获得军官职衔，依法律规定，必须先在近卫军团中充当普通兵。为了规避这法律，贵族子弟在儿时就登记军职，到了成年，他们就获得军官职衔。——原注

[5] 看养主子的马匹的农奴，打猎时经常由他管理主子的猎狗。——原注

[6] 兼任仆役和教养者的农奴。——原注

[7] 源出法文 monsieur，意思是老爷、先生。——原注

[8] 法文，意思是想当老师。——原注

往往因为献殷勤而招来打击，使他好几天唉声唉气。此外，他又不是（照他自己说）酒瓶的仇人，也就是说（用俄国话说）他对于酒总喜欢大喝特喝。可是因为在我们家里，只在午餐时喝葡萄酒，而且以一杯为度，况且仆人又常常忘记给老师斟酒，所以我的蒲伯勒就很快地把俄国的泡酒[1]喝上了瘾，简直比他本国的葡萄酒还爱喝些，认为对于胃非常有益。我们立刻很友好了。虽然按照合同，他负有教授我法文、德文和一切科学的义务，然而蒲伯勒却认为最好还是赶快向我学着扯几句俄国话，然后，我们俩就各自从事心爱的工作。我们可以说是处得非常好。我甚至不愿再有别的教师了。可是不久命运就将我们拆散了，原因是这样的：

一天，我们的洗衣妇帕拉士卡，肥胖、麻脸的女仆，同了独眼的看管牛的女仆阿库利卡，两个人不谋而合地一起到母亲那里，跪在她面前，承认自己意志薄弱的罪过，哭哭啼啼地控告那个麦歇，说他利用她们没有经验而污辱了她们。母亲对于这样的事情向来都很严厉，所以她就告诉了父亲。父亲的办法是很干脆的，他立刻命令喊那个无赖的法国人来。他们报告他说，那位麦歇正在教我功课。父亲就走进我的房间来了。那时蒲伯勒正在床上睡他的太平大觉。我也正做着自己的事情。我得说明一下，就是他们曾经为我从莫斯科买来一张地图。它挂在墙上，完全没有用处，而我却早就看中了这张纸的宽大和美好，我决意用它做一只风筝，就乘了我的蒲伯勒睡着的时候，开始我的工作。当父亲进来的时候，我正在好望角上装一条树皮做的尾巴。一看见我在这样上地理课，父亲就揪了我的耳朵一下，然后就跑到蒲伯勒那里，一点不客气地喊醒了他，接着就滔滔不绝地责骂他。蒲伯勒惊慌失措得想站起来，却办不到：这不幸的法国人真是喝得烂醉如泥了。一不做二不休，父亲抓住他的领子，从床上把他拉了起来，推出了房间。就在这一天，将他赶出大

---

[1] 也作浸酒，是用水果浸泡的酒。

门。这一下子可使萨威里奇说不出的开心。我的教育也就此结束了。

我过着纨绔少年[1]的生活,同婢仆们的孩子赶鸽子和玩跳背戏。然而我已经满了十六岁了。这时候我的命运就发生了变化。

秋天的一日,母亲在客厅里用蜂蜜熬蜜饯,我舔着嘴唇,注视着沸腾着的泡沫。父亲正在窗边阅读他每年订阅的《皇家年鉴》[2]。这本书对他永远起着强烈的影响,他读过以后向来是要有特别感慨的,总是读一次就引起一次异常的愤怒。母亲已经熟悉他这一切脾气和习惯,老是想尽方法把这本不幸的书藏得越远越好,所以这一本《皇家年鉴》有时候就几个月不让父亲见。可是他一旦凑巧发现了这书,就要整整几个钟头不肯放手。于是,父亲就读起《皇家年鉴》来了,时时耸着肩头,并且轻轻地重复着说:"陆军中将……以前在我连队里,他还是中士呢!两种俄国勋章的获得者![3]不久以前,我们不是还……"最后,父亲将这《皇家年鉴》丢在沙发上,就沉入深深的思索中,这对于全家人并不是什么好的兆头。

他忽然转过来,向着母亲:"阿芙多雅·伐西列芙娜[4],彼得卢沙[5]有多大岁数了?"

"瞧,他已经十七岁起头了,"母亲回答道,"彼得生的那年,正是娜斯塔霞·格拉西莫芙娜伯母眼睛瞎了一只那一年,那时候还……"

"好了,"父亲打断了她,"已经到了送他去当差的时候了,别再让

---

[1] 不到成年的贵族。一七八二年出版的冯维辛(一七四五——一七九二)的喜剧《纨绔少年》讥笑了贵族子弟的懒惰、粗鄙、无知,从此这一词语就有了轻蔑的意味。——原注

[2] 一种官方的年刊,除了一般历书的记载以外,也刊登高级文武官员的姓名。

[3] 指沙皇时代获得两种最高级的勋章(安得烈·贝尔沃兹凡尼勋章和亚历山大·涅夫斯基勋章)的军人。——原注

[4] 近代俄国人在夫妻间相称,多只用名字,更多用爱称。这里兼呼名字和父名,还保持着古代的遗风。

[5] 彼得的爱称。

他在女仆的房里乱跑和掏鸽子窝了。"

想到不久就要和我离别，我的母亲大吃一惊，她竟将匙子脱手落到锅子里，眼泪就顺着脸淌了下来。与这相反，我却欢喜得难以形容。我心里认为，在军队里当差，就是无拘无束的生活和在彼得堡过惬意日子。在我的想象中，我已经是近卫军军官。我以为，这是人生幸福的顶点了。

我的父亲向来不欢喜改变他的意见，也不愿意延搁事情的执行。我的出发日期定了。在出发前一天，我的父亲说，他要我带一封信给我的将来的长官，他要了钢笔和纸。

"不要忘了，安得烈·彼得罗维奇，"母亲说道，"替我向勃公爵问候，你就说我希望他能照顾彼得卢沙。"

"岂有此理！"父亲皱着眉头回答道，"我为什么要写信给勃公爵？"

"你不是说，你要给彼得卢沙的长官写信吗？"

"可是，还有什么呢？"

"不过彼得卢沙的长官本来是勃公爵啊。彼得卢沙本来就在谢苗诺夫团登记了的。"

"登记了！可是他在那里登记，与我什么相干？彼得卢沙并不到彼得堡去。在彼得堡服务，他能够学出什么来？学会花钱和胡闹吗？不，让他到军队里当当差，让他拉拉纤，[1] 让他嗅嗅火药气，让他当一个普通兵，不要当花花公子。在近卫军登记了算不得什么！他的护照在哪里？拿给我。"

我母亲找出了我的护照，那是跟我的行洗礼的衣衫一起放在她的首饰箱子里的，她就用颤抖着的手交给了父亲。父亲注意地读了一遍，放在他面前的桌子上，就开始写他的信。

好奇心很使我感到着急。假如不到彼得堡去，那么究竟把我送到哪

---

[1] 意思是做艰苦而单调的工作。

里去呢？我目不转睛地望着父亲的笔，可是他的笔却移动得很慢。终于，他写完了，把信同我的护照一起装在信封里封好，他除下眼镜，把我叫到跟前，说道："这是给我以前的伙伴和朋友安得烈·卡尔罗维奇的信。你到奥伦堡去，到他的部队去服务。"

于是，我的一切光明的希望都破碎了！彼得堡欢乐的生活是无望了，等着我的是辽远闭塞的边境的无聊生活。我刚才还用狂喜的心情想望着的职务，现在对于我，却似一件极大的不幸的事情了，然而这是无法争辩的。第二天早晨，在大门的台阶前，开来了一辆长途暖篷雪橇。他们把我的提包、装着茶具的旅行食盒、一包一包的面包和馅饼——家庭溺爱的最后一点表示——全都装在雪橇上。我的父母给我祝福。父亲对我说道："再见吧，彼得。对于你向他宣誓过的那个人，你要忠心尽职。你要听长官的话，不要向长官讨好，不要自己揽差事做，不要推诿工作。要记住那一句谚语：爱惜衣裳要从新的时候起，爱惜名誉要从幼小时候起。"母亲眼泪汪汪地吩咐我，要注意自己的健康，又反复地对萨威里奇说，要他永远好好地看顾这孩子。他们给我穿上兔皮袄，又罩上狐皮大衣。我跟萨威里奇一起上了雪橇，眼泪汪汪地走了。

就在那一天晚上，我们到了西姆比尔斯克，我们要在那里停一天，以便买一些必需的用品，这件事由萨威里奇去办。我在旅馆里住下了。早上，萨威里奇一早就到铺子里买东西去了。因为老是望着窗子外面肮脏的小街，实在有点厌烦，我就在旅馆的各房间踱来踱去。我走进了台球房，看见了一位身材高高的老爷，大约三十五岁，留着黑色的长胡子，穿着一件长袍，手里拿着球杆，嘴里含着烟斗。他正跟看台子的人一起玩着，看台子的人如果打赢了，就喝一杯伏特加，如果打输了，就从台球桌下爬一趟。我开始看着他们游戏，玩的时间继续得越久，在地上爬的事也越多，终于看台子的伏在台球桌下面不动了。那位老爷对他说了几句好像作为他的祭文的沉痛的话之后，就向我提议跟他打一盘。我因为不会，就拒绝了。这大概使那人感到奇怪，他似乎很遗憾地望了我一眼，然而我们却聊起天来了。我知道了，他叫作伊凡·伊凡诺维奇·祖林，他是轻骑兵团的上尉，他在西姆比尔斯克办理征募新兵的工作，就住在这旅馆里。祖林很客气地邀请我一起吃午餐，有什么就吃什么，按照军人的习惯。我很高兴地答应了。我们在餐桌边坐下，祖林喝了许多酒，也请我喝，他说，应当养成军人的习惯。他给我讲述了许多军队里的笑话或趣事，几乎使我大笑得倒了下去。我们吃完了午餐，就已经完全变成好朋友了。那时候他自告奋勇，要教会我打台球。"对于咱们这些军人，"他说，"这是必要的。例如，当行军的时候到了一个小地方，干什么好呢？也不能老是找犹太人[1]呀。你不期然而然地就要走进旅馆，玩起台球来。然而一讲到玩，就应该会玩才行！"我完全被他说服了，就热心地开始学习。祖林高声地赞许我，对我的迅速进步感到惊奇。在练习了几回之后，他就劝我用钱来玩，一次以一个格洛士[2]计算，目的不是为输赢，只是为了不要空手玩，因为这，照他的意见，是最坏的习惯。我也接受了这个提议，祖林又叫拿甜酒来，劝我尝一尝，反复说明，我应该养成军人的习惯，不喝甜酒算得哪一门子的军人！我听了他的话，我们就继续玩下去。我用我的玻璃杯子喝得越多，我的胆子也越大。我打过去的球时时跳到台子外头去，我急起来了，就骂那个看台子的人。只有天晓得，他是怎么计算的，他越来越加高了我玩球的点数，总而言之，我的行动就像一个没有人管束的野孩子一样了。时间不知不觉地过去，祖林望一望钟，放下球杆，就宣布我输了，欠他一百卢布。这使我有点狼狈，我的钱都在萨威里奇那里。我向祖林表示抱歉。祖林打断我的话，说道："得了吧！你不必着急，我可以等着。现在让我们到阿丽奴士卡那儿去吧。"

这是怎么说呢？我这一天晚上的行动也和早晨一样，都是放荡、荒

---

[1] 在沙皇时代，犹太人很受歧视，军人往往以打犹太人作为消遣。
[2] 俄国古代值半个戈比的铜币。

唐的。我们在阿丽奴士卡那里吃晚餐。祖林时时刻刻给我斟酒，反复说明，应该养成军人的习惯。离开桌子的时候，我几乎站不住了，半夜里，祖林送我回旅馆去。

萨威里奇在阶前迎接我们，他看见我那一定要热心当差的样子，就叹了一口气。"你怎么了，少爷？"他悲痛地说道，"你在哪儿灌得这么醉啊？啊，我的上帝！从生下来就没有造过这种孽呀！""不要响了，该死的老头子！"我支吾地搪塞着，"也许你自己喝醉了！睡觉去吧……来伺候我睡觉。"

第二天早晨，我醒来了，头痛，模糊地记起了昨天的事情。我的沉思默想被萨威里奇打断了，他拿了一杯茶到我的房间里。"太早哇，彼得·安得烈伊奇，"他对我摇着头说，"你放荡还太早哇。你究竟像谁呢？无论你父亲或是你祖父都不是酒徒，我更不必说你的母亲了，她从生下来到现在，除了喀瓦士[1]，是不喝别的东西的。可是，这一切究竟是谁的罪恶呢？都是那个该死的麦歇。他时常跑到安吉芙娜跟前说：'马丹，热·扶·伯利,[2]伏特加。'嗱，你看，这就是'热·扶·伯利'的好处啊！没有可说的：他教出好道儿来了，狗养的。真用得着雇一个异教徒来当管教人吗？就好像我们老爷家里的自己人不够用似的！"

我觉得惭愧。我掉过身子去说："你走开，萨威里奇，我不要喝茶。"然而，当萨威里奇已经开始说教的时候，要他停止，却很不容易。"你看，彼得·安得烈伊奇，能够放荡出什么来。头也痛了，胃口也倒了！人要一喝酒，就干什么也不行……你喝一点加蜜的黄瓜汁好了，最好还是喝半杯泡酒来醒醒酒。你说怎么样？"

正在这时候，一个男孩子进来了，递给我一封祖林的便条。我拆开了，读着下面的几行：

---

[1] 一种家常的清凉饮料，略有酸味。
[2] 法语 Madame, je vous prie 的译音，意思是太太，请你给我。——原注

　　亲爱的彼得·安得烈伊奇：

　　请你把你昨天输给我的一百卢布交给我的僮仆带回。我很需要钱用。

你的忠心的

伊凡·祖林

　　没有法子了。我装着毫不介意的样子，转身向着萨威里奇，我的钱财、衣服、一切事物的管理人，[1] 命令他付给这孩子一百卢布。"怎么？为什么？"萨威里奇大吃一惊地问道。"我欠他钱。"我极其安静地回答道。"你欠的？"萨威里奇驳斥说，更加吃惊了。"可是什么时候我的少爷，你来得及欠他的债呢？我看这件事有点不对。少爷，你爱怎么办就怎么办，可是钱我不能给。"

　　我想，在这紧要关头，假如我争不过这个固执的老头子，将来我想脱离他的监管，就要为难了。所以我瞪了他一眼，说道："我是你的主人，你是我的仆人。钱是我的。我输了钱，因为我愿意这样。我劝你，不要自作聪明了，怎样命令你，就该怎样去做。"

　　萨威里奇听了我的话，大吃一惊，他两手向腿上一拍，弄得目瞪口呆。"嘿，你为什么站着不动呢？"我又发怒地喊道。萨威里奇哭了。"亲爱的彼得·安得烈伊奇，"他用发抖的声音说道，"你别把我折磨死了。你是我最亲爱的人！听我老头子的话吧：请你写信给那个强盗，说你原来是闹着玩的，说我们根本也没有这许多钱。一百个卢布！慈悲的上帝呀！请你写信给他，说你的父母十分严厉，不准赌钱，除非用核桃作赌注……""别瞎扯了，"我狠狠地打断了他的话，"立刻拿钱来，要

---

[1] 这一句话引自冯维辛的题为《给我的仆人舒米洛夫、凡卡和彼得卢沙的信》的诗。
　　这诗显示着痛恨贵族阶级的倾向。——英译本注

不然我就又着脖子把你赶出去。"

萨威里奇望了我一眼，显出了深深的痛苦，然后就处理我的欠债去了。我心里可怜这个苦命的老头子，然而我要摆脱拘束，要对他表示，我已经不是小孩子了。钱付给了祖林，萨威里奇就急急忙忙让我离开这个该死的旅馆。他来告诉我，雪橇已经套好了。我带着不安的心情和缄默的悔恨，离开了西姆比尔斯克，也没有和我的教师道别，也没有想以后还会遇见他。

第二章

向　导

我的地方，小小的地方，
不相识的地方！
并不是我自己要来，
也不是好马载了我到这地方；
使我，勇敢的青年，来了的，
是这活跃的青春的勇气，
和那向着狂欢的渴望。

古歌

　　旅途中我的心情实在很不愉快。我所输的钱，按当时的价值，实在
不算少。我心里不能不承认，我在西姆比尔斯克旅馆里的行为是愚蠢

的。我觉得对不起萨威里奇，这一切都使我难过。这老头子郁郁不乐地坐在驾车的座位上，背朝着我；一声不响，有时候干咳一两声。我想我一定得和他言归于好，可是我不知道怎么开口。终于我对他说："咳，咳，算了吧，萨威里奇！让我们讲和吧！我错了，我自己知道，是我错了。昨天我太胡闹了，实在不该惹你生气。我保证以后一定要聪明一点，而且一定听你的话！瞧，你不要再生气了，我们讲和吧！"

"咳，亲爱的彼得·安得烈伊奇！"他长叹了一声回答道，"生气，我正在跟自己生气呢。我什么地方都对不住人。我怎么可以把你一个人留在旅馆里？现在怎么办呢？我让罪恶给搞糊涂了：本来想去探望教堂司事的太太，和教亲[1]见一面，结果是到了教亲那里，就进了监狱。[2]倒霉罢了！我将来怎么有脸去见老爷、太太？一旦他们知道他们的孩子既喝酒又赌钱，他们又该怎么说呀？"

为了安慰苦命的萨威里奇，我对他发誓，以后不经他的同意，连一个戈比也不动用。他渐渐地安静下来，然而还断断续续地含糊地自言自语，摇摇头："一百个卢布！这是小事情吗！"

我已经接近我的目的地了，周围都是使人不愉快的沙漠似的荒原，到处是些小山和坑洼。大地被雪掩盖了，太阳要落下去了。暖篷雪橇沿着狭窄的道路，确切说来，是沿着农民的雪橇压出来的辙迹走着。车夫忽然一次一次地望着天边，终于摘下了帽子，转过身来向我说道："少爷，我们不如回去吧！"

"为什么呢？"

"天气靠不住：起了点风，看，把浮雪都刮起来了！"

"那有什么要紧呢！"

"你看那边是什么？"车夫用他的鞭子指着东方。

---

[1] 小孩受洗礼时，有教父和教母，教父、教母互称教亲。
[2] 谚语，大意是：意料不到的祸事。

"除了雪白的荒原和明朗的天空，我看不见什么。"

"不，看那边，那一朵小云彩！"

我果然看见天边有一朵小小的白云，起先我以为它是远处的小山。车夫讲给我听，那朵小云就是暴风雪的预兆。

我曾经听人说过关于这地方的暴风雪的话，我知道整列的货车往往都被雪淹没了。萨威里奇附和着车夫的意见，也劝我回去。可是我看这风并不大，我希望能及早赶到下一站，所以我就命令快一点走。

车夫更快地赶着马，但依然时时瞧着东方。马拼命跑着，可是风却越来越大了。那朵小云变成一片白色的浓云，慢慢地升了起来，扩大起来，渐渐遮满了天空。下起小雪来了，陡然间，落起大块的雪片来了。风呜呜地吼了起来，暴风雪来了。一霎时，暗黑的天空同雪海打成了一片，一切都看不见了。"咳，少爷！"车夫喊道，"不好了，暴风雪起来了！"

我从雪橇中望出去：四周全是黑暗和旋风。风呜呜地吼得那么狂暴骇人，简直像是有灵性的东西；雪扑了我和萨威里奇一身，马一步挨一步地走着，不久就停下了。

"你为什么不走了呢？"我焦躁地问车夫道。"怎么走呢？"他回答道，从驾车的座位上爬了下来，"还不知道我们走到什么地方了：没有路，四面又漆黑。"我开始责骂他。萨威里奇却替他辩护。"就是那么不听话，"他气愤地说道，"如果早点回到旅馆去的话，茶也喝上了，好好睡到早晨。狂风息了，我们也就可以上路了。为什么要这么赶紧呢？如果是赶着去结婚，倒也罢了！"萨威里奇是对的。可是现在却什么办法也没有了。雪下得很紧，雪橇旁边已经堆起了小小的雪山。马站着，低下了头，时时颤抖着。车夫绕着马走来走去，因为无事可做，他在整理马具。萨威里奇抱怨着，我向四面望着，只想看见哪怕是一点村舍或者道路的痕迹也好，可是除了模模糊糊的风雪回旋之外，什么也分辨不出。忽然我看到了点黑乎乎的东西。"嘿，车夫，"我喊道，"你看，那边黑乎乎的是什么?"车夫目不转睛地望着。"天晓得,少爷,"他说道,重新爬上驾车的座位,"说车不是车,说树不是树,好像还会动呢。大概不是一条狼,就是一个人。"

我命令他向那个不可知的东西走去,那东西也立刻向我们走来。两分钟之后,我们就跟一个人碰头了。

"喂,老大哥!"车夫对他喊道,"请问,你知道路在哪儿吗?"

"路么,这儿就是,我正站在完全硬实的路面上呢!"那个过路人回答道,"你还问这个干什么?"

"你听着,乡下人,"我对他说道,"你熟识这地方吗?你能不能领我们到最近的客店去?"

"这地方我倒很熟识,"那过路人回答道,"谢谢上帝,这儿四面八方,我不论坐车或步行都走遍了。可是你看,这是什么天气:正好就是迷路的时候。不如在这里停着等一等,也许暴风雪就息了,天会明朗起来,那我们就可以看着星星,找出道路来。"

他那个镇静的态度给了我鼓励。我已经决定听天由命,就在荒原里过一夜吧。可是那个过路人忽然敏捷地跳上了驾车的座位,对车夫说道:"咳,谢谢上帝,村舍就在附近,把车子往右边拐过来一直去吧!""为什么我要向右边走呢?"车夫不满地问道,"你看见路在什么地方呢?当然,马是人家的,马套不是自己的,赶着走吧,不要站着![1]"在我看来车夫是不错的。"当真,"我插嘴道,"为什么你以为村舍在附近呢?""因为风正从那面吹来,"那个过路人回答道,"我闻着烟味了,村庄好像就在附近。"他的伶俐和敏感很使我惊异,我就命令车夫前进。马很吃力地在深深的雪中一步一步地走着,雪橇慢慢地向前移动,一会儿闯进雪堆,一会儿又落到坑洼里,忽左忽右地摇晃着,这正如船在波浪汹涌的大海上航行一样。萨威里奇唉声叹气,时时碰一下我的腰部。

---

[1] 谚语,大意是:不爱惜别人的东西。(马套是驾马时所用的弧形轭。)

我放下了前面的席档，裹紧了皮大衣，打起盹来，风雪的歌声和雪橇的轻轻的摇荡给我催眠。

我做了一个梦，这个梦我永远也不能忘记，而且直到现在，只要拿这个梦和我生平所遇到的奇特事件对照起来，我总以为它是一种预兆。读者当然会原谅我：因为根据经验，读者大概也知道人是多么易于倾向迷信的，不管他对于迷信怎样轻视。

当时我的感觉和心情处于这样的状态中：现实逐渐地被人遗忘，幻想逐渐地代之而生，这两者在半睡半醒之中打成一片了。我感到好像暴风雪依然猛烈地吹着，我们也依然在铺满白雪的荒原里盲目地乱走……骤然之间，我看见了大门，进了我们老家的大院子里。我的第一个念头就是恐怕父亲因为我这次迫不得已回到老家而跟我大发脾气，恐怕他认为我是故意违抗他的命令。我心慌意乱地跳下了雪橇，就看见：母亲满面愁容地在阶前接我。"轻点，"她对我说，"父亲的病很危险了，他要和你诀别！"被这个消息吓坏的我，就跟着她走进卧房。我看见房间里灯光很弱，床边站着许多显得很悲哀的人。我轻轻地走到床前，母亲拉开帐子，说："安得烈·彼得罗维奇，彼得卢沙来了。他听说你生病，就回来了，给他祝福吧。"我跪下了，直着眼睛望着病人。这是怎么一回事？在床上躺着的并不是我的父亲，却是一个留着黑胡子的乡下人，他笑嘻嘻地望着我。我诧异地转身问我的母亲："这是什么意思？他不是父亲。我为什么要求这个乡下人祝福？""反正还不是一样，彼得卢沙，"我的母亲回答我，"他是你的主婚父亲[1]，吻他的手吧，让他给你祝福……"我没有同意。那时候，那个乡下人就从床上跳起来，从背后拉出一把斧头，向四面乱挥。我想跑开却跑不动，房间里满是死人，我竟碰在尸体上，在血泊中滑来滑去。那个可怕的乡下人和气地叫着我说："不要怕，到我跟前来，让我给你祝福……"我感到恐怖和惶惑。

---

[1] 俄国旧时习俗，主婚父亲是代替新郎或新娘的父亲主持婚礼的人。

就在这时候我醒过来了，马已经站住了，萨威里奇拉了一下我的手说：
"下来吧，少爷，我们到了。"

"来到哪儿了？"我擦着眼问道。

"来到客店了。上帝保佑，我们一直闯在院子的栅栏[1]上了。出来
吧，少爷，快来暖和一下吧。"

我下了马车，风雪还继续着，可是已经没那么强了，四下里黑暗得
叫人什么也看不见。主人到大门口迎接我们，手里提着一个灯笼。他领
我进了一间前套间，并不大，却很清洁；房间里点着松明，墙上挂着一
支枪和一顶高高的哥萨克皮帽子。

店主是雅伊克的哥萨克[2]，有六十来岁，瞧着还朝气蓬勃，精神
饱满。萨威里奇跟在我后边把旅行食盒搬进来了，叫拿火来，好让他预
备茶。我从来没有这么想喝茶过。店主出去张罗了。

"我们的向导在哪儿？"我问了萨威里奇一声。

"在这儿呢，老爷[3]。"有一个人从上面这样回答我。我向吊铺[4]
上望了一眼，看见了黑胡子和两只闪亮的眼睛。"朋友，怎么样，冻坏
了吧？""怎么能不冻坏，只穿了一件破粗布外褂！我本来有一件羊皮
袄，不过何必挑好听的说呢，昨天晚上让我押在酒家那儿了。我原来以
为冷得并不厉害。"这时店主端着一个正在沸腾的茶炊进来了。我请我
的向导喝一杯茶，他从吊铺上爬了下来。我觉得他的外表很了不起：他
大约有四十岁，中等身材，瘦瘦的，肩膀却很宽。他的黑胡子也显出有
些花白的地方，他的一对很生动的大眼睛不停地转动着。他的脸上有一

---

[1] 俄国人在院子周围向来不修围墙，只用栅栏围着。
[2] 居住在雅伊克河两岸的哥萨克。在普加乔夫起义结束后，雅伊克河就改名为乌拉尔
河。雅伊克哥萨克是一种特殊的军队组织，叶卡捷琳娜二世（一七二九——一七九六）
曾利用他们来防卫被俄国吞并的巴什基尔和哈萨克等领地。——原注
[3] 在沙皇时代，对于官阶不同的文武官员，有四种尊称，中译并无定名，姑且依照中国
旧俗，分别为：老爷、大老爷、大人、老大人。
[4] 以前俄国农民往往在房屋里沿壁高高地架着吊铺。

种愉快的表情，可是也很狡猾。他的头发剪成半球形[1]，身上穿着一件褴褛的外褂和鞑靼人[2]的灯笼裤。我递给他一杯茶，他尝了一尝，皱起眉头。"老爷，请您开开恩，吩咐他们给我拿杯酒来。茶不是我们哥萨克喝的东西。"我很情愿地满足了他的愿望。店主从他的壁橱里拿出一个瓶子和杯子来，走近了这个人，望了他一眼说道："嘿，嘿，你又到我们这地方来了！你从哪儿来的？"我的向导意味深长地使了一个眼色，用隐语回答道："飞进菜园子，啄着大麻籽，老婆婆掷了一粒石子，没有打着。[3]可是，你们的人怎样？"

"我们的人又能怎样呢！"店主也用隐语回答说，"他们本来想打晚祷的钟，可是牧师太太不答应，因为牧师在外面作客，魔鬼在坟地上。[4]""别说了，老大爷，"那流浪者反驳他说，"只要有雨，就有蘑菇，有蘑菇就有篮子。[5]不过现在（他又使一个眼色）你却要把斧子别在背后，因为管林人正在巡视呢。[6]祝您健康！老爷！"他说了这话，拿起杯子，画了一个十字，就一口气喝完了酒，然后向我鞠了一躬，又回到吊铺上去了。

我那时一点也不懂这种切口，可是后来才猜到了他们说的原来就是雅伊克哥萨克军队的事情，当时这股军队是一七七二年暴动[7]后刚刚被镇抚下来的。萨威里奇听着，带着很不满意的样子。他不免猜疑，一会儿看看店主，一会儿又看一看向导。这座在当地叫作乌苗特的客店是

---

[1] 哥萨克的头发是剪成半球形的。
[2] 从前俄国人对于蒙古人和中亚细亚某些民族（如巴什基尔、吉尔吉斯、哈萨克等等）的称呼。
[3] 这一句隐语的大意是：起义没有成功，但也没有被捕。
[4] 这一句隐语的大意是：本来打算起义，只是没有机会。
[5] 这一句隐语的大意是：只要有了机会，一定能够成功。
[6] 这一句隐语的大意是：机会暂时不便，应当提高警惕。
[7] 指哥萨克人民的起义。起义开始时，政府的军队曾被击溃，但是后来叶卡捷琳娜二世的政府用最残酷的手段镇压了这一次起义。——原注

孤立在荒僻地方的，在草原当中，和村庄距离很远，很像是强盗窝。不过已经没有法子了，继续前进是连想都不能想的，萨威里奇这种着急的样子使我看着好笑。可是我只想睡觉，就躺在大板凳[1]上了。萨威里奇决定在炉炕上打铺，店主躺在地板上。不久，整个小草房里的人都打起鼾来了，我也睡是像死人一样。

早晨醒来得很迟，我看见风雪已经停了。太阳照耀着，一片耀眼的雪遮遍了无边无际的荒原。马已经驾好了，我和店主算清了账，房钱要得很公道，连萨威里奇也没有向他抗议，也没有依照老例和他争多论少，因而他昨天的猜疑就从脑海飘到空中去了。我把那个向导叫了过来，谢谢他给予我们的帮助，又命萨威里奇给他半卢布酒钱。萨威里奇皱起了眉头。"半卢布酒钱！"他说道，"为了什么？难道说为了我们把他拉到这个客店里来吗？请你随便怎么办，少爷，可是我们却没有多余的半卢布。如果什么人都要给酒钱的话，那么我们自己快要饿肚子了。"我不能跟萨威里奇争论，我们的钱，我已经答应过，由他全权处置。然而我却很抱歉，我不能好好地谢一谢这个人，即使不能说他从灾难中，至少也可以说他从很烦恼的境况中救出了我。"好吧，"我冷淡地说，"如果你不肯给半卢布，那就拿一件我的衣服给他吧，他实在穿得太单薄了，把我的兔皮袄给他。"

"那怎么成，我的少爷彼得·安得烈伊奇！"萨威里奇说道，"他要你的兔皮袄干什么？这狗走到第一家酒店，就会把它喝掉了的。"

"老人家，我会不会把皮袄换钱买酒喝，"我们的流浪者说道，"那就用不着你瞎操心了。他老爷从自己身上脱下皮袄赏给我，这是他做主子的宽宏大量，你这个做奴隶的本分只是服从命令，并不是争论。"

"你这个强盗，你竟不怕上帝吗？"萨威里奇疾言厉色地回答他说，"你看出来，少爷还不大懂事，你就想利用他的老实来抢他一下。你要

---

[1] 以前俄国农民的房屋里，墙的四周都设置宽而且长的板凳，夜间即作为卧铺。

老爷的皮袄干什么？而且你那个缺德的宽肩膀也套不下这个皮袄啊。"

"我请你不要自作聪明了，"我对我的管教人说道，"立刻拿那件皮袄来。"

"上帝啊！"我的萨威里奇叹气道，"那件兔皮袄差不多还是新的呢！给什么人不好，偏偏要给这个褴褛的酒鬼！"

然而兔皮袄终于拿来了。那乡下人立刻拿起来试穿。其实，这件皮袄连我都快穿不下了，对于他确实是有点窄小。然而他居然想办法把它穿上了，把衣裳缝都撑开了。萨威里奇听到了绽线的声音，急得几乎哭了出来。那流浪者对于我的赠品非常满意，他一直把我送上雪橇，深深地给我鞠了躬，说道："谢谢，老爷！愿上帝奖赏您的善行。我永远不会忘记您的恩典。"他走过一边去了，我也动身上路，一点也不注意萨威里奇的愁闷，不久我就忘了昨天的风雪，忘了我的向导，也忘了那件兔皮袄。

到了奥伦堡之后，我一直就来到将军那里。我见到一个身材高高的男子，因为年老的关系已经有点驼背。他的长长的头发已经完全白了，旧的褪色的军服，使人记起了安娜·伊凡诺芙娜[1]时代的军人。他说起话来，带着很明显的德国口音。我把父亲的信递给了他，一看到我父亲的名字，他就很快地望了我一眼。"我的上帝！"他说道，"好像不久以前，安得烈·彼得罗维奇还是你这样的年纪呢，可是现在你瞧，他却有了这么大的儿子了！唉！光阴哪，光阴哪！"他拆开了信，就轻轻地读起来，自己还随时表示意见："'可敬的安得烈·卡尔罗维奇，我希望大人'……这又是什么礼貌！呸，他好不害羞！当然，纪律是第一件事情，可是这哪里是写信给老卡谟拉德[2]的道

---

[1] 安娜·伊凡诺芙娜（一六九三——一七四○）是俄国女皇。她是彼得一世的侄女，在一七三○至一七四○年间统治俄国。
[2] 德语 Kamerad 的译音，意思是同事、伙伴。——原注

理？……'大人没有忘记'……嗯……'以及……当年……已经故世的主帅米尼……出征……还有……卡罗林卡'……哦，勃鲁德尔[1]！原来他还记得我们当年的胡闹吗？'现在有事奉托……令小儿来尊处'……嗯……'约束在刺猬手套里'[2]……什么是刺猬手套？那一定是俄国的隐语……什么是'约束在刺猬手套里'？"他又向我说了一遍。

"那意思是，"我尽力表示真诚的样子回答道，"待遇宽容，不太严厉，给以更多的自由，那就是约束在刺猬手套里。"

"嗯，嗯，我明白了……'不要给他多的自由'……不，显然，那'刺猬手套'不是你说的那个意思……'附上……他的护照'……护照在哪儿？嗯，就在这儿……'通知谢苗诺夫团'……好，好，这一切都必定照办……""'请你让我不拘官阶地以你的老伙伴和朋友的资格拥抱你和……'——嘿！最后这才想开了……好，我亲爱的!"他读完了信，把我的护照放在一边，然后说道："这一切都必定照办，就把你转派到××团去当军官。为了免得你荒废时光，明天你就启程到白山要塞去，那里你就在米罗诺夫上尉部下服务，他是很忠厚、很诚实的人。你在那里会认真地服务，也学到纪律。在奥伦堡，你没有什么可干的事情，散漫对于青年是有害的。可是今天我欢迎你在我这儿吃午餐。"

我心里想，越来越不轻松了！我在母亲肚子里的时候就已经是一个近卫军中士，那对我又有什么用呢？他把我弄到什么地方来了？到×××团，到吉尔吉斯——哈依萨克草原[3]边境上辽远的要塞去！我在安得烈·卡尔罗维奇那里，同他的一位老副官一共三个人一起吃了午餐。他的午餐充满了严格的德国的简朴气氛，我因而想到，他急急忙

---

[1] 德语 Brüder 的译音，意思是弟兄。——原注
[2] 成语，意思是严加管束。
[3] 以前在乌拉尔河以东那个地区的名称。当时还错误地把哈萨克人叫作"吉尔吉斯人"。——原注

忙地打发我到驻防军里去，大概也因为唯恐有一个多余的客人来吃他
这个简单的饭吧。第二天，我辞别了将军，就向着我那服务的地点出
发了。

第三章

要　　塞

我们的住处是堡垒，
吃的面包喝的水；
一旦凶猛的敌人
来抢我们的馅饼，
我们就给客人预备酒席：
大炮装上炮弹来轰击。

兵士之歌

是古老的人们呢，我亲爱的！

纨绔少年

　　白山要塞距离奥伦堡四十维尔斯塔[1]，这条路是沿着雅伊克河的陡岸的。河水还没有冻结，它的铅黑色的波浪，在单调的、盖着白雪的河岸之间显得沉郁而发黑。在河岸的那边却伸展着吉尔吉斯的荒原。我深沉地想着，大部分是忧郁的思想。我对于驻防的生活毫无兴趣，我努力想象米罗诺夫上尉，我的未来的长官，把他想象成一个严厉、暴躁的老头子，除了自己的军职以外，什么也不知道，并且可能为了一点点小事，就把我关在监狱里。天色渐渐地黑下来了，我们走得相当迅速。"要塞还很远吗?"我问了一声车夫。"不远了，"他回答道，"这不已经望得见了。"我向四面探望着，只想看见一些威严的棱堡[2]、城楼和城墙，可是除了一些围着木栅的小村子，什么也看不到。在一边，有三四堆被雪盖了大半的干草，在另一边，一架歪斜了的风磨，懒懒地挂着树皮做成的轮翼。"要塞到底在哪儿?"我惊奇地问道，"这不就是吗?"车夫回答道，指一指那个小村子，说话中间我们已经进了小村子。在大门旁边，我看到了一架旧的生铁的大炮，街道是狭窄而弯曲，小房子也低矮，大部分是草房。我告诉车夫到要塞司令那里去，过了一分钟，雪橇就在一所木头小房子前面停下了，这是一座建在高地上的房子，傍着一座也是用木头造的教堂。

　　没有一个人来迎接我。我走进门洞[3]，推开了前室[4]的门。一个年老、残废的兵士坐在桌子上，正在一件绿军衣的胳膊肘上打着蓝补丁。我吩咐他去通报一声说我来了。"你进来吧，亲爱的，"这个残废兵回答道，"我们的人都在家里。"我走进了整洁的、按照古老式样布置的小小的房间。在屋角放着盛器皿的木橱，墙上挂着装了镜框的军官证书，证书旁边还点缀着一些粗糙的画片，上面画着"占领吉斯特林"

---

[1] 俄里，一维尔斯塔合 1.067 公里。
[2] 五角形的碉堡。
[3] 门外的附属建筑物，用以遮挡风寒雨雪。
[4] 大门里面的第一个房间，用以悬挂衣帽和作为仆人停留的地方。

"占领奥恰考夫""挑选妻子"和"老鼠葬猫"[1]。靠窗户坐着一位穿长坎肩、戴头巾的老太太，她正在缠绕一缕由一个穿军服的独眼老头子伸直两手撑着的线。"您干什么，亲爱的?"她一边干活，一边问我道。我回答她说，我来到差，照规矩来见上尉老爷。我在说话中间，就打算把脸转向那个独眼的老头子，以为他就是司令；可是这位太太却打断了我那套背熟了的话。"伊凡·库兹米奇不在家，"她说道，"他去拜访盖拉辛牧师去了，不过反正是一样，亲爱的，我是他的太太。请你不必客气。请坐，亲爱的!"她叫了女仆来，吩咐她去找下士[2]来。那个老头子带着好奇的神情用他那只独眼直望着我。"不敢动问，"他说道，"您在哪一团当差来着?"我立刻满足了他的好奇心。"不敢动问，"他接着问道，"您干吗从近卫军调到驻防军来呀?"我回答说，这是长官的意思。"大概是因为做了近卫军军官不该做的事情吧。"这个不怕麻烦的、追根究底的老头子接着说下去。"别胡说八道了!"上尉夫人对他说，"你看看，这位青年人一路走得很累，他顾不得张罗你了……（把手伸直一点）你，亲爱的，"她转过脸来对我说，"不要因为把你派到我们这个荒僻地方，就烦恼起来。你既不是开头的，也不是收场的，[3]习惯了也就喜欢了。[4]阿力克舍·伊凡尼奇·士伐勃林因为杀人调到我们这儿已经第五个年头了。天晓得，他怎么犯了这样的罪。你知道，他和一个中尉跑到城外，两个人都带了剑，两个人就彼此砍杀了起来，而阿力克舍·伊凡尼奇把中尉刺死了，况且还有两个证人在场! 你说怎么办?

---

[1] 粗糙的画片指具有神话内容或历史内容的粗糙的彩色画，吉斯特林是奥得河上的普鲁士要塞，七年战争时俄军曾包围这座要塞（一七五八年）。奥恰考夫是第聂伯河上的城市，从前是土耳其的要塞，一七三七年被俄军攻占。一七八七至一七九一年的俄土战争以后，奥恰考夫才完全属于俄国。"老鼠葬猫"是很流行的讽刺画之一。——原注
[2] 哥萨克军队中的上等兵。——原注
[3] 谚语，意思是：不只你一个人遭遇这种命运。
[4] 谚语，相当于我国的成语"习以为常"。

犯罪并不需要能手。[1]"

就在这一刻，下士进来了，是一个年轻的、身体很匀称的哥萨克。"马克西米奇！"上尉夫人对他说，"你给军官老爷拨一所住宅，要干净一点的。""是，伐西里萨·叶戈洛芙娜，"下士回答道，"好不好请他老爷住在伊凡·比列沙耶夫那儿？""胡说，马克西米奇，"上尉夫人说道，"比列沙耶夫那儿挤得很了。他是我的教亲，而且他记得，我们是他的长官。领这位军官老爷……您的名字和父名怎么称呼，[2] 亲爱的？彼得·安得烈伊奇吗？领彼得·安得烈伊奇住到谢缪·库卓夫那儿去吧。他是个无赖，曾经把他的马放到我的菜园里来。可是怎么样，马克西米奇，一切都好吗？"

"谢谢上帝，一切都很平静，"那个哥萨克回答道，"只有伍长[3]普洛霍罗夫为了一桶热水，同乌思钦雅·涅古利娜在浴室里打了一架。"

"伊凡·伊格那启奇！"上尉夫人对着独眼老头子说道，"请你去查一查普洛霍罗夫和乌思钦雅究竟谁对谁错。可是两人都得责罚一下！去吧，马克西米奇，去吧！彼得·安得烈伊奇，马克西米奇送您到您的住宅。"

我辞别了他们。下士领我到一所小草房里，在高高的河岸上，要塞的尽头。草房的一半住着谢缪·库卓夫一家，另一半拨给了我。这本来是一大间正房，倒很干净，是隔成了两间的。萨威里奇已经动手布置起来了。我从小窗往外望去，眼前是一片荒原，看着都让人愁闷。斜对过有几所小破草房，街上有几只小鸡走来走去，一个老太婆站在台阶上，拿着猪食槽，正在唤猪，那些猪哼哼地叫着，仿佛对她作着友好的回答。啊，这就是我命中注定来度过我的青春的地方！我不禁忧从中来。

---

[1] 谚语，相当于我国的成语"人孰无过"。
[2] 依照俄国人的习惯，兼称名字和父名是表示尊敬的意思。
[3] 十八世纪时沙皇军队中仅高于士兵的军官。——原注

我离开了小窗，晚饭也不吃，就躺到床上睡了，尽管萨威里奇连连劝我，他愁苦地唠叨着："上帝呀！什么都不肯吃！如果生起病来，太太又该说什么呢？"

第二天早晨，当我正在穿衣服的时候，门开了，一位年轻的、身体不高的军官走进了我的房间，黝黑的脸，很不好看，可是却极其活泼。"请原谅我，"他用法国话对我说，"我很冒昧地来拜访你来了。昨天我知道你来到这里，想见一个像样的人的愿望支配了我，简直再也耐不住了。你在这儿多住一些时候，一定会明白这一点的。"我猜着这正是那个因了决斗从近卫军调来的军官。我们立刻就熟识了起来。士伐勃林是个相当伶俐乖巧的人，他的谈话刻薄而有趣味。他兴高采烈地对我描写了司令的家庭，以及我们命中注定来到的这个地方的周围的人物和环境。我痛快地笑着，这时候那个昨天在司令的前室缝补制服的残废兵进来了，传着伐西里萨·叶戈洛芙娜的话，请我去吃午饭。士伐勃林就自告奋勇陪我同去。

在走近司令的房子时，我们看见在空场上有二十来名年老而残废的兵，长长的发辫，戴着三角形的帽子。他们排了一长列，前面站着司令，他是一位精神奕奕的、身材高高的老人，戴着一顶便帽，穿着中国布[1]的长袍。一看见我们，他就走了过来，对我说了几句客气话，就又继续去指挥。我们停住了，看着他的教练，可是他请我们到伐西里萨·叶戈洛芙娜那里去，并答应我们他随后就来。"可是这儿，"他加上了一句，"你们没有什么可看的。"

伐西里萨·叶戈洛芙娜很随便又很愉快地接待了我们。她对待我就像老早就和我相识一样。那个残废兵和帕拉士卡在摆餐桌。"怎么我的伊凡·库兹米奇今天简直教练不完了！"司令夫人说，"帕拉士卡，去叫

---

[1] 一种光面的棉布，以前是从中国运去的。——原注

老爷来吃饭，可是玛莎[1]又在哪儿呢？"就在那当儿，走进来一个十八岁左右的姑娘，圆圆的脸，红润的颊，淡黄的头发整整齐齐地梳到发红的耳朵后面。初初一看，我并不太喜欢她。我是抱着成见来看她的，士伐勃林曾经给我把玛莎——上尉的女儿——描述成一个傻丫头。玛丽亚·伊凡诺芙娜在角落里坐下，缝着东西。这时候，甘蓝菜汤已经拿来了。伐西里萨·叶戈洛芙娜还不见丈夫来，就又差帕拉士卡去请他。"对老爷说，客人都等着，汤要冷了。谢谢上帝，训练的事情跑不掉，往后有的是叫喊的机会。"上尉一会儿就来了，那独眼老头子伴着他。"这是怎么回事呀，我的老爷子？"他的夫人对他说道，"饭菜早就摆齐了，可是怎么请也请你不来。""你听我说，伐西里萨·叶戈洛芙娜，"伊凡·库兹米奇回答说，"我正忙着训练士兵。"

"别说了！"上尉夫人反驳道，"你那个训练不过说着好听罢了，士兵不会学到什么的，你自己也莫名其妙。最好你还是在家里坐坐，祷告祷告上帝。亲爱的客人们，请坐下来吧！"

我们坐下来吃饭。伐西里萨·叶戈洛芙娜简直一刻也不停地说着，向我追根究底地问：我的父母是谁，是不是都健在，住在哪里，他们有多少财产？当她听到我的父亲有三百名农奴的时候，她说道："这是轻易的事情吗？原来天底下有的是财主啊！至于我们，亲爱的，仅仅只有一个农奴，就是女仆帕拉士卡。然而，谢谢上帝，我们也还凑合着过下去。只有一件事糟糕：玛莎，她已经到了出嫁的年纪了，可是她有什么嫁妆呢？一把密密的梳子和一把笤帚[2]，还有三戈比钱（上帝饶恕我！），只够拿着到澡堂里去洗个澡。假如碰着一个知心的人，倒也罢了，要不然，就只有待在闺房里做一辈子老处女了。"我望了一眼玛丽亚·伊凡诺芙娜，她满脸通红，连眼泪都落到盘子里了，我有点可怜起

---

[1] 玛丽亚的爱称。
[2] 在旧时俄国的澡堂里，洗澡的人用笤帚拍打全身，所以澡堂里需要笤帚。

她来，就赶快改换了话题。"我听说，"我很不合宜地说了一句，"巴什基尔人要来攻打这个要塞呢。""你从哪儿听到这个的，亲爱的？"伊凡·库兹米奇问道。"在奥伦堡，他们对我这样说过！"我回答道。"小事一段！"司令说道，"我们这儿，关于攻打的谣言早已经一点也听不见了。巴什基尔人已经被吓坏了，连吉尔吉斯人也受到了教训。别怕，谁也不敢来攻击我们。就算谁敢冒险来，那我就好好地教训他们一下，让他们十年之内再也闹不起来。"我转过脸来对上尉夫人说："您住在这个受威胁的要塞里不害怕吗？""我们习惯了，亲爱的，"她回答，"二十年前，刚把我们从团里调到这儿来的时候，但愿上帝保佑，别再发生那样的事情，我是多么害怕那些该死的东西！每次，当我一看见山猫皮帽子，或是一听见他们的喊声，你相信吗？我亲爱的，我就会胆战心惊起来！可是现在我简直习惯了，就是有人来说，强盗在要塞周围跑马，我也是一动也不动了。"

"伐西里萨·叶戈洛芙娜是一位极勇敢的太太，"士伐勃林郑重地说，"伊凡·库兹米奇一定可以证明这一点。"

"是啊，你听，"伊凡·库兹米奇说道，"这个妇女倒不是那种胆小的人。"

"可是玛丽亚·伊凡诺芙娜呢？也像您一样大胆吗？"我问道。

"玛莎大胆吗？"母亲回答道，"不，玛莎是个胆小的姑娘。直到现在，她还听不得枪声呢，她一听见就浑身发抖。两年前，伊凡·库兹米奇异想天开地在我的命名日[1]放了一下我们的大炮，她，我这个小宝贝，差一点吓死了。从那时候起，我们就再也不放那该死的大炮了。"

我们吃完饭站了起来。上尉同上尉夫人睡午觉去了，我就到士伐勃林那里，跟他一块儿度过整个晚上。

---

[1] 与本人同名的圣者的纪念日。

第四章

决　斗

——也罢，摆好你的架势。
你瞧，我会刺通你的身子。

克涅什宁[1]

几个星期过去了，我在白山要塞的生活，不但变得可以忍受，而且简直变得很愉快了。要塞司令一家人待我像亲人一样，他们夫妻俩都是最可尊敬的人。伊凡·库兹米奇是从一个兵士的儿子升为军官的，他是没有受过教育的普通人，然而非常正派和厚道。他的夫人教管着他，这很投合他那马马虎虎的脾气。伐西里萨·叶戈洛芙娜把公事看成家事，

---

[1] 这里的题词引自克涅什宁的《怪人》。——原注

因而管理要塞就和管理家务那样仔细。玛丽亚·伊凡诺芙娜不久也不再避开我了。我们熟识了，我看她是一个聪明而且敏感的姑娘。我不知不觉地和这个善良的家庭亲密起来，连对于那一位独眼的驻防军中尉伊凡·伊格那启奇都有友谊了，士伐勃林曾经造他的谣言，说他和伐西里萨·叶戈洛芙娜有暧昧的关系，这简直一点影子也没有。然而士伐勃林却并不介意。

我被提升为军官了，我的职务并不使我感到困难。在这座上帝保佑的要塞里，也没有检阅，也没有操演，也没有放哨。司令兴致好的时候才偶尔训练一下士兵，可是一直到现在为止，他还没有能使他们分清右边和左边，有许多士兵为了不在这上面犯错误，在每次转身之前总要在胸前画个十字嘟囔一下。士伐勃林有些法文书。我开始阅读，引起了我对于文学的爱好。我每天早晨诵读，练习翻译，甚至还写作诗歌。吃饭几乎经常是在司令家里，通常是在那里度过一天的空余时间。晚上，有时来拜访他们的是盖拉辛牧师和他的太太阿库里娜·潘菲洛芙娜，她是这个村子的第一个消息灵通的人。和士伐勃林，我自然天天碰到，可是他的谈话逐渐使我感到不满。他对于司令一家的经常的嘲笑，使我很不爱听，尤其是对于玛丽亚·伊凡诺芙娜的讽刺批评。在要塞里没有别的可来往的人了，然而我也并不希望有别的来往。

尽管有那些预言，巴什基尔人可并没有要反叛的样子。我们的要塞周围充满着升平气象，然而完全出乎意料的内部的斗争却把和平破坏了。

我在上面已经说过关于我对文学的学习。在那时说起来，我的习作还算是出色的，几年以后，诗人亚历山大·彼得罗维奇·苏玛罗科夫[1]还很称许我的作品。有一次我写成了一首我自己很满意的诗歌。

---

[1] 苏玛罗科夫（一七一八——一七七七）是俄国诗人及戏剧家，俄国文学中的古典主义派的杰出代表。——英译本注

大家都知道，作者们常有假装着征求批评而去寻找能欣赏的读者的。所以，我抄好了我的诗歌，就带去给士伐勃林看，因为他是全要塞里唯一能够鉴赏诗歌价值的人。在短短的说明以后，我从衣袋里取出了我的小本子，就对他读了下面的一首短诗：

>　为了斩断情丝，
>　我避开可爱的玛莎，
>　为了摆脱情网，
>　我只想忘掉她！
>
>　可是那迷人的眼睛，
>　时时在我面前闪现，
>　扰乱着我的心灵，
>　打破了我的平安。
>
>　玛莎，你必须怜悯我，
>　你知道我的痛苦；
>　你看见我的不幸，
>　我已经是你的俘虏。[1]

　　"你以为怎么样呢？"我问士伐勃林，期待着他的赞美，我认为这是一定可以得到赞赏的，可是使我非常失望，这个平常很谦逊的士伐勃林，却很果断地说，这首诗歌写得不好。
　　"怎么不好？"我问道，竭力不露出沮丧的神色来。

---

[1] 这首诗引自诺维科夫所编的《新编俄国歌曲全集》。诺维科夫是十八世纪的俄国教育家。——英译本注

"因为，"他回答道，"这样的诗，可以配得上我的教师华西里·吉力伊奇·特烈佳科夫斯基[1]，而且也很像他所写的情诗。"

当时他就拿过我的本子，毫不客气地开始批评上面每一行诗和每一个字，用最难堪的态度嘲笑我。我忍受不了，就从他手里夺回了我的本子，然后说我永远不再给他看我的诗了。士伐勃林也嘲笑了我这个威吓。他说道："让我们走着瞧好了，你能不能把自己的话坚持下去：诗人向来需要有人听诗，这就像伊凡·库兹米奇每餐需要一瓶伏特加一样。可是你向她表示缠绵的爱情和相思的苦闷的那个玛莎到底是谁呀？老实说，不就是那个玛丽亚·伊凡诺芙娜吗？"

"这不是你的事情，无论那个玛莎是谁。"我皱着眉头回答他说，"我不要听你的意见，也不要你胡乱猜测。"

"哎呀！一位多么自尊的诗人和多么谦虚的情人！"士伐勃林继续说，一步一步地激怒着我，"然而你且听我的忠告：假如你要成功的话，我劝你不必拿诗歌去进行。"

"那是什么意思，先生？请你明白说出来！"

"很好。这就是说，假如你想叫玛莎·米罗诺娃在晚上来拜访你，你且别作情诗，最好送她一副耳环。"

我全身的血沸腾了。"为什么你这样轻视她？"我问道，竭力控制我的愤怒。

"那就是因为，"他回答我说，流露出阴险的微笑，"我根据经验，知道她的性情和习惯。"

"你扯谎，下流坯！"我狂怒地喊道，"你真无耻，扯这样的谎。"

士伐勃林的脸色变了。"我不能与你干休，"他说道，抓紧了我的胳

---

[1] 特烈佳科夫斯基（一七〇三—一七六九）是俄国诗人及翻译家，他在俄国文学语言上和俄国诗体上曾作过不少的努力。他的诗作，因体裁的拙劣和艰涩，常常成为当时人的嘲笑对象。——英译本注

膊，"你得答应和我决斗。"

"这可以随你便，什么时候都行。"我快乐地回答道。在那当儿，我真想把他撕碎。

我立刻跑到伊凡·伊格那启奇那里，看见他坐着手里拿了针。他受了司令夫人的命令，用线穿着蘑菇，预备晒干了冬天吃。"啊，彼得·安得烈伊奇！"他看见了我，说道，"欢迎，什么风把您吹来的？有什么事，不敢动问？"我用很短的几句话对他说明，我跟士伐勃林闹翻了，我请他伊凡·伊格那启奇——做我的决斗的证人。伊凡·伊格那启奇很注意地听完了我的话，瞪起他那只独眼望着我。"您是说，"他对我说，"您要刺杀阿力克舍·伊凡尼奇·士伐勃林，并且要我做这事的证人？是这样吗，不敢动问？"

"正是这样！"

"天啊，彼得·安得烈伊奇！您怎么想起干这种勾当来了！你跟阿力克舍·伊凡尼奇·士伐勃林闹翻了吗？那有什么要紧！骂了一顿也就算了。他骂了您几句，您就骂他几句，他冲着脸骂您，您就冲着耳朵骂他，骂两句，骂三句，你们就走散了，我们再来给你们讲和，不就得了。不然的话，把自己接近的朋友给刺死了，难道是件好事吗？如果您当真刺死了他，那倒好了。我也不喜欢阿力克舍·伊凡尼奇·士伐勃林。嗯，万一他刺通了您，怎么办？这又像怎么一回事？谁是傻子呢，不敢动问？"

这个聪明的中尉的议论全然没有说动我，我坚持着原来的意见。"您请便好了，"伊凡·伊格那启奇又说道，"您要怎么干就怎么干吧。可是为什么要我来做证人？有什么必要呢？人们打架，这又不是什么稀奇的事情，不敢动问？谢谢上帝，我同瑞典人和土耳其人都打过仗，这一切我都看厌了。"

我开始对他尽可能地说明决斗证人的任务，可是伊凡·伊格那启奇怎么也不能了解我。"您请便好了，"他说，"如果一定要我参加这件事，也许我得到伊凡·库兹米奇那里报告一下，尽我的职务的本分，说明在要塞里企图进行违反公家利益的恶行，司令是否必须采取适当的处置……"

我吓了一大跳，要求伊凡·伊格那启奇千万不要报告司令，费了很大的劲总算把他说服了。他对我发了誓，我这才放心地离开了他。

那一晚，我照例还是在司令家里度过的。我尽力装着快乐和安静的样子，以免引起怀疑，省得被啰啰唆唆地盘问。许多人在我这种情况下，几乎全都自己吹嘘有着怎样的冷静态度，可是，老实说，我那时却不能这样的冷静。在那天晚上，我特别感到温柔和甜蜜，玛丽亚·伊凡诺芙娜也比平日更使我欢喜。只要一想起今天也许就是我和她最后一次见面，我立刻就觉得她很有动人的地方。士伐勃林也来了。我把他引到旁边，把我和伊凡·伊格那启奇说的话告诉了他。"我们何必要证人呢？"他很冷酷地说道，"没有他们，我们一样可以办事。"我们商定了在要塞旁边的干草堆后面决斗，并且在明天早晨六点到七点的时候到那里去。我们谈话的样子似乎很和气，以致伊凡·伊格那启奇高兴得说漏了嘴。"早就应该这样的，"他得意扬扬地对我说，"吵闹占上风不如委屈求和平，虽然失了面子，倒是天下太平。"

"什么，什么，伊凡·伊格那启奇？"司令夫人问道，她正坐在这房间的角落里，摊开了纸牌算卦，"我听不清楚。"

伊凡·伊格那启奇看出了我有不满意的样子，也记起了自己的诺言，就心慌意乱，不知道怎么回答。士伐勃林赶紧来帮他的忙。

"伊凡·伊格那启奇，"他说道，"在称赞我们的和解。"

"可是你跟谁闹翻了呢，我亲爱的？"

"我本来要和彼得·安得烈伊奇大闹--场。"

"为了什么事？"

"为了一件真正的小事：为了一首诗歌。伐西里萨·叶戈洛芙娜。"

"可找着争论的题目了！为了一首诗歌！……可是事情是怎样发生的呢？"

"就是这么一回事：彼得·安得烈伊奇不久之前作了一首短诗，今天他当了我的面唱了起来，可是我却唱起我自己心爱的调子来了：

上尉的女儿呀
夜里不要出来游玩。[1]

我们就争论了起来。彼得·安得烈伊奇先是发怒了，后来也想对了，各人都有自由，欢喜唱什么就唱什么。事情就此结束了。"

士伐勃林的无耻几乎使我气得发疯。可是除了我，谁也不懂得他这种拐着弯子骂人的话，至少谁也没有注意这些。谈话从诗歌转到了诗人，司令就说，他们都是些放荡的和不可救药的酒鬼，而且很和气地劝我放弃作诗，因为这是妨碍职务而没有好下场的勾当。

士伐勃林的在场使我难于忍受，不久我就和司令以及他的一家人道别，回到家里。我察看了一下我的剑，试了一试剑刃，就躺下睡了，吩咐萨威里奇明天六点来钟唤醒我。

第二天早晨，在约定的时间，我已经站在干草堆后面，等待着我的对手。一会儿他也来了。"我们可能被人看见，"他说道，"我们要快一点。"我们脱了军服，只穿一件背心，拔出剑来。正在这当儿，忽然从干草堆后面闪出来了伊凡·伊格那启奇和五个残废兵。他要我们到司令那里去，我们很懊丧地听从了。兵士围着我们，我们就跟着伊凡·伊格那启奇走向要塞，他很得意地领着我们前去，非常神气地一步一步跨着。

我们走进了司令的住宅。伊凡·伊格那启奇开了门，庄严地报告道："带来了！"伐西里萨·叶戈洛芙娜冲着我们走来。"哎呀，我亲爱

---

[1] 这两行诗引自柏拉赫所编的《俄国歌曲集附乐谱》中的一首歌。柏拉赫是十八世纪的俄国作曲家和民间文学专家。——英译本注

的！这像怎么一回事？这行吗？说什么呢？想在我们要塞里杀人！伊凡·库兹米奇，立刻把他们拘留起来！彼得·安得烈伊奇！阿力克舍·伊凡尼奇！立刻缴出你们的剑来，快缴，快缴！帕拉士卡，把这些剑拿到仓库里去。彼得·安得烈伊奇！我可真没想到你有这一下子啊。你怎么也不惭愧？阿力克舍·伊凡尼奇倒也罢了：他原是因为杀人才从近卫军被赶出来的，他连上帝也不相信。可是你是怎么回事呢，你也往那条道儿奔吗？"

伊凡·库兹米奇完全同意他的太太，而且说了又说："听见了吗？伐西里萨·叶戈洛芙娜说得很对。我告诉你们，决斗在军法上是正式禁止的。"那时候，帕拉士卡已经拿了我们的剑送到仓库里去了。我禁不住笑了起来，士伐勃林却依旧满脸正经的样子。"虽然我十分尊敬您，"他冷淡地对司令夫人说，"可是我不能不说，您不用操这种心，审判我们。您把这个案件交给伊凡·库兹米奇好了：这正是他的事情。""唉，亲爱的！"司令夫人反驳说，"夫妻难道不是同心合德的吗？伊凡·库兹米奇，你发呆干什么？立刻把他们分别看管起来，也好让他们散一散傻气，而且请盖拉辛牧师给他们一个宗教惩戒[1]，让他们祈祷上帝饶恕，当众忏悔。"

伊凡·库兹米奇不知道怎么办才好，玛丽亚·伊凡诺芙娜的面色异常苍白。然而渐渐地风平浪静了，司令夫人的气平了，吩咐我们两个人互相接吻。帕拉士卡送还我们的剑，我们辞别了司令，仿佛是重新和好了。伊凡·伊格那启奇送我们出来。我满面怒容地对他说道："你对我发誓以后，还要去报告司令，怎么也不害羞？""上帝明鉴，我本来没有对伊凡·库兹米奇说过这个，"他回答道，"这都是伐西里萨·叶戈洛芙娜从我这儿追究出来的。她没有通知司令，就处理了一切。不过，上帝保佑，这件事总算结束了。"他说着这些话就回去了，只剩下士伐勃林

---

[1] 斋戒、长时期的祈祷等。——原注

和我在一起。"我们的事不能就这样算完的。"我对他说道。"当然，"士伐勃林回答道，"你对我的无礼，要用你的血来偿付。可是也许他们要监视我们，我们还得假装几天才行。再见！"我们装作没事人一样地分了手。

我回到司令那里，照例坐在玛丽亚·伊凡诺芙娜身边。伊凡·库兹米奇不在家，伐西里萨·叶戈洛芙娜也忙于处理家务。我们低声地谈着天。玛丽亚·伊凡诺芙娜很温柔地向我诉说，因为我跟士伐勃林的争吵，使大家都感到不安。她说道："当他们给我们报信，说你们要用剑决斗的时候，我几乎吓死了。男人真是奇怪得很！为了一句经过一个星期就一定会忘记的话，他们却偏偏要去厮杀，不仅不顾自己的性命，而且也不顾人家的伤心和将来的幸福，而人家对他……然而我相信，您一定不是这次争吵的发动者，一定是阿力克舍·伊凡尼奇的不是。"

"为什么您这样想呢，玛丽亚·伊凡诺芙娜？"

"那个，那个……他本来是个爱嘲笑人的人啊！我不喜欢阿力克舍·伊凡尼奇，我很讨厌他。然而说起来很奇怪，我一定很难受，假如我知道他也不喜欢我。这件事使我烦恼得很。"

"可是您怎么想呢，玛丽亚·伊凡诺芙娜？您以为他喜欢您呢，还是不喜欢？"

玛丽亚·伊凡诺芙娜结结巴巴地、羞得满脸通红地说："我觉得，我以为，他喜欢我。"

"为什么您会这样想呢？"

"因为他自己向我求过婚。"

"求婚！他向您求过婚吗？什么时候？"

"去年，在您来到这儿的两个月之前。"

"您拒绝了吗？"

"您说得很对。阿力克舍·伊凡尼奇当然是一个聪明人，出身很好，也有财产。不过只要想起结婚的时候要当大家面和他接吻……这绝对干不了！有多大的幸福也干不了！"

　　玛丽亚·伊凡诺芙娜的谈话使我张开了眼睛，也明白了许多事情。我明白了士伐勃林为什么一个劲儿地说她的坏话。大概是他看出了我们两个人互相爱慕，就努力想要拆散我们。引起我们争吵的士伐勃林的那些话，本来我以为是野蛮的和下流的讥讽，现在才看出是故意的诽谤，因而我更觉得这些话的无耻。于是，我想惩罚一下这个无礼的诽谤者的愿望，就更加强烈了，我焦躁地等待着适当的机会。

　　我等待的时候并不太久。第二天，当我坐着写一首悲歌，一面咬着笔杆一面琢磨韵脚的时候，士伐勃林敲了一下我的窗子。我放下笔，拿起剑，向他走了出去。"干吗我们老等着？"士伐勃林对我说，"现在没有人监视我们，我们到河边去。那儿没有人来打搅我们。"我们一声不响地走去。我们顺着陡斜的小路往下走，来到河岸上停下，拔出自己的剑。士伐勃林的剑术比我的好，可是我比他有力，比他勇敢，并且曾经当过兵的麦歇蒲伯勒那时候也教了我几课剑术，现在我正好拿来利用。士伐勃林没有料到我是他的这样一个厉害的敌人。很久，我们谁都不能给谁一点伤害，最后，我看出士伐勃林有点松懈了，我就开始加劲地向他进攻，几乎要把他逼进水里去了。忽然，我听见有人大声地喊着我的名字，我向后一望，看见了萨威里奇顺着陡斜的小路向我跑来。就在这当儿，我感到右肩下胸部中了狠狠的一剑。我跌倒了，失去了知觉。

第五章

爱　情

咳，姑娘，美丽的姑娘！
不要，姑娘，年纪轻轻地嫁人；
请你，姑娘，问一问父母，
父亲，母亲，你的亲人；
你要聪明，小心，姑娘，
聪明，小心，还要嫁妆。

民歌

假如你找到的比我好，那就忘掉我，
假如你找到的不如我，那就记住我。

同上

　　恢复了知觉以后，我有好一会清醒不过来，也不明白我遭到了什么。我躺在一个陌生房间里的床上，觉得很虚弱。萨威里奇站在我面前，手里拿着蜡烛。另外有个人小心地解开了我胸部和肩部的绷带，渐渐地我的思想清楚起来了。我记起了我的决斗，知道我是受了伤。就在这当儿，门响了。"什么？他怎样了？"有一个人低声这样说，这使我微微颤抖。"老是那样，"萨威里奇叹着气回答道，"老是没有知觉，已经第五天了。"我想转过身去，然而动弹不得。"我在哪儿？谁在这儿呢？"我努力挣扎着说道。玛丽亚·伊凡诺芙娜走到我的床边，向我低下了身子。"怎么了，您觉得怎么样？"她问道。"谢谢上帝，"我上气不接下气地回答道，"这是您吗，玛丽亚·伊凡诺芙娜？请您告诉我……"我没有气力再说下去，我沉默了。萨威里奇叹了一口气，脸上显出了欢欣的神色。"他醒过来了！他醒过来了！"他连声说。"谢谢你，上帝呀。嗳，亲爱的彼得·安得烈伊奇，您可把我吓坏了！这是轻易的事情吗？第五天了！"玛丽亚·伊凡诺芙娜打断了他的话："不要同他多说话，萨威里奇。他还很弱呢。"她出去了，随手轻轻地把门关上了一点。我的头脑里充满了杂乱的思想。这样看来，我原来是在司令家里，玛丽亚·伊凡诺芙娜常常来看我。我想问萨威里奇几个问题，可是这老头子直摇头，掩住自己的耳朵。我懊丧地闭上眼睛，又很快地朦朦胧胧睡去了。

　　醒来之后，我喊萨威里奇到我跟前来，可是他并没有来，我看见了玛丽亚·伊凡诺芙娜在我的面前，她用了天使般的声音向我问候。我在那当儿充满了一种说不出的甜蜜的感觉。我抓住了她的手，把它紧紧地贴在我的脸上，爱怜的热泪滴在她的手上。玛莎没有抽回她的手去……忽然，她的嘴唇挨上了我的脸颊，我感到了热烈的、青春的吻，顿时全身火热起来。"我的亲爱的、美好的玛丽亚·伊凡诺芙娜，"我对她说道，"希望你能做我的妻，请你允许给我这个幸福！"她忽然沉思起来。"看在上帝面上，请你安静一点吧！"她说道，抽回了她的手，"你还在危险期中，伤口可能破裂的。千万保重自己，至少是为了我。"她说着这些话就走了，让我独自沉入这种充满欢乐的心情中。幸福使我复活了。她将是我的妻子！她爱我！这是我一辈子也忘不了的念头。

从那时候起，我就越来越好起来了。我的伤是由团部的理发师[1]给治疗的，因为要塞里没有别的医生，感谢上帝，他还没有自作聪明地胡来。我的青春和天生的体质加快地恢复了我的健康。司令的全家都伺候我的病，玛丽亚·伊凡诺芙娜也不再离开我。我当然抓住了第一个适当的机会，向她继续提起我没有说完的话，而玛丽亚·伊凡诺芙娜也更加耐心地听下去。她很坦白地对我诉说她衷心爱慕我的意思，她说，她的父母当然很乐意她的这种幸福。"不过你必须好好地考虑一下，"她说，"你的父母不会反对吗？"

我沉思了一番。我深信母亲对我非常慈爱，什么都听我的。不过我知道父亲的脾气和见解，所以我觉得我的恋爱不会使他感动，他会把这种恋爱看成青年人的胡闹。我直率地对玛丽亚·伊凡诺芙娜说明了这一点，然而终于决定写信给父亲，竭力说得委婉动听，请求父母祝福。我把这封信给玛丽亚·伊凡诺芙娜看了，她认为这封信非常恳切动人，必定可以成功，因而她完全凭信青春和恋爱，使自己陷在温柔的心的热情里了。

在我复原之后的头几天，我就跟士伐勃林和好了。伊凡·库兹米奇责备我的决斗，说道："嗳，彼得·安得烈伊奇，我本当把你拘留起来，可是你已经受够惩罚了。至于阿力克舍·伊凡尼奇，却在我们的粮食仓里看押着，他的剑也由伐西里萨·叶戈洛芙娜给锁起来了，得让他好好地反省一下，忏悔忏悔他的罪恶。"我感到自己太幸福了，不愿意把仇恨依旧放在心里。我向司令替士伐勃林求情，忠厚的司令得到他太太的同意，决定把他释放出来。士伐勃林来到我这里，他对于我们中间所发

---

[1] 当时的理发师往往也执行医生的职务。——原注

生的这件事表示深深的遗憾，他直率地承认这全是他的错处，求我忘掉过去的一切。我是生来不会记仇的人，一方面衷心地宽恕了他和我的争吵，同时也衷心地宽恕了他加给我的伤害。他认为，他之所以诽谤是因为自尊心受损害和求爱被拒绝而感到懊恼，我就宽宏大量地饶恕了这个不幸的情敌。

我不久就痊愈了，已经可以迁移到自己的住所去了。我焦急地等待着我寄去的信的回音，不敢抱多大的希望，努力制止悲哀的预感。我虽然没有对伐西里萨·叶戈洛芙娜和她的丈夫公开地说明，然而我的求婚是不会使他们诧异的。无论是我还是玛丽亚·伊凡诺芙娜都没有在他们面前掩饰我们的爱情，我们事先就相信他们一定会同意的。

终于，一天早晨，萨威里奇走进我的房间，手里拿着一封信。我颤抖着接了过来。信封是父亲自己写的，这就预先使我感到事情有点严重，因为通常总是母亲写信给我，而父亲只是在信尾附加几行字。我很久没拆开信来，把这个庄严的封面读了好几遍："奥伦堡省，白山要塞。我的儿子彼得·安得烈伊奇[1]·格利涅夫收启。"我尽力想按照书法，推测写这封信时的心情，最后我决定把它拆开了，一起头我就猜到，整个事情都吹了。信的内容是这样的：

我的儿子彼得：

　　本月十五日我们接到你的信，你请求我们给你以父母的祝福，并同意你和米罗诺夫的女儿玛丽亚·伊凡诺芙娜的婚姻。我既不想给你祝福，也不想同意你们的婚姻，不仅如此，我还要到你那里去，尽管你是一个有军官职衔的人，我还是要把你当作一个野孩子，好好地管教你这种胡闹行为。因为你已经证明了你还不配佩带宝剑，那把剑原是赏给你去保卫祖国，而不是要你去和像你一样的

---

[1] 安得烈伊奇的正式的拼法。

下流东西决斗的。我立刻要写信给安得烈·卡尔罗维奇，请他将你从白山调到可以消灭你的妄念的更辽远的地方去。你母亲听说你决斗和受伤，悲伤得生起病来了，现在还躺在床上不能起来。你将来还能有什么出息呀？我只有祷告上帝让你悔改，虽然我不敢指望他的这样大的恩典。

你的父亲安·格

念完了信，我心头产生了种种感情。我父亲所写的那么多的无情的词句，使我感到非常委屈。至于他提到玛丽亚·伊凡诺芙娜时所表示的轻蔑，也使我感到不合适和无理。想到要把我从白山要塞调走，我不禁吓了一跳，可是最使我烦恼的还是我母亲生病的消息。我的一腔怒气都转到萨威里奇身上，关于决斗的事，无疑是他通知了我的父母的。我在我那个狭小的房间里踱来踱去，终于站在他面前，狠狠地望着他说："你叫我受了伤，害得我在死亡的边儿上悬了整整一个月，你显然还觉得不够，还想害死我的母亲。"萨威里奇大吃一惊，仿佛青天上打了一个霹雳。"饶了我吧，少爷，"他几乎要哭出来地说道，"你这是说的什么话？我怎么会是你受伤的原因呢！上帝明鉴，我是跑来要挺着胸膛替你去挡住阿力克舍·伊凡尼奇的剑的！该死的是我老得太不行了。然而我在你母亲面前又干了什么？"——"你干了什么？"我回答说，"谁让你写信去告密？难道把你派给我就是来当间谍的吗？""我？我写信去告密？"萨威里奇眼泪汪汪地说道，"上帝呀！天国的王呀！那就请你读一遍吧，看看老爷给我写的是什么，那么你就会明白，是不是我告发你了。"他马上从衣袋里拿出了一封信，我读了，上面这样写着：

你竟不顾我的严厉的命令，不报告我的儿子彼得·安得烈伊奇的事情，使得外人迫不得已地把他的胡闹勾当通知了我，你这老狗，真好不害羞。执行自己的职务，奉行主人的命令，应该是这样

的吗？因为你隐蔽真相和纵容青年，我要派你，老狗，去放猪[1]
去！现在命令你，收到这封信之后，赶快呈报我，现在他的身体怎
样，是不是真的复原了，像别人写信通知我的一样，他的伤口在什
么地方，医治得好不好。

很清楚，萨威里奇在我面前是有理的，我却无理地用责骂和怀疑侮
辱了他。我请他原谅我，可是这老头子却还是安慰不过来。"瞧，你看
我混到什么份儿上了。"他连声说道，"你看我得到了主子的什么恩典！
我又是该死的老狗，又是放猪的，我又是你受伤的原因！不是那么回事
呀，亲爱的彼得·安得烈伊奇！到处都对不起人的不是我，实在是那个
该死的麦歇，都是他教会了你用铁签子刺来刺去，又用脚踏来踏去的，
好像这样刺来刺去和踏来踏去就能够防备恶人似的！真用得着雇一个麦
歇，白白地花那些钱吗！"

然而谁又操了这份心，将我的行为去告诉我父亲的呢？那位将军
吗？可是，他似乎不很关心我，而伊凡·库兹米奇也并没有认为有必要
把我的决斗拿去报告。我真有点猜不出来。最后我怀疑到士伐勃林，告
发只对他有利，因为报告的结果，就可能把我调开要塞，并且使我和司
令一家人分散。我就到玛丽亚·伊凡诺芙娜那里去，好把一切都告诉
她。她在阶前迎接我。"您怎么了？"她看见了我，问道，"您的脸这样
苍白！""一切都完了！"我回答道，把我父亲的信给她看。她的脸色也
苍白了。读完了那封信，她用颤抖的手把它交还了我，又用颤抖的声音
说道："看起来，我的命苦……您的家长不愿意我去作他们的一家人。
一切都是上帝的意旨！我们应当怎么办，上帝要比人知道得更清楚。没
有法子，彼得·安得烈伊奇！只好祝您一个人将来幸福……""绝对不
能这样！"我握住她的手喊道，"你爱我，我就不顾一切。让我们去，到

---

[1] 在以前的俄国，放猪被认为是最下贱的工作。

你父母面前跪下。他们都是朴实的人，不是狠心肠的骄傲的人……他们肯给我们祝福，我们就结婚……至于我的父母，我相信，我们慢慢地就会使得我父亲的心软下来，母亲是一定祖护我们的，他也会宽恕我的……""不，彼得·安得烈伊奇，"玛莎回答道，"假如没有你父母的祝福，我就不能嫁给你。他们不祝福，你不会有幸福的。我们要听从上帝的意旨。将来你找到了未婚妻，将来你爱了别人，那也随你去吧，彼得·安得烈伊奇，我一定要替你们两个人……"这时她哭了起来，掉过头去走了。我本来想跟她到她的房间里去，可是我又觉得我抑制不了自己，就回到自己屋子里去了。

我坐在那儿沉思着，萨威里奇忽然打断了我的思潮。"瞧，少爷，"他递给我一张写满了字的信纸，说道，"请你看一看，我是不是告发了自己的主子，我是不是挑拨你们父子不和。"我从萨威里奇的手里接了那张纸，这是他对于刚才收到的信的答复。这里就是逐字逐句抄下来的：

安得烈·彼得罗维奇老爷，我们的恩主：

我收到了您的恩谕，您生我这个奴才的气，您说我不奉行主人的命令，真好不害羞。——可是我，不是老狗，却是您的忠心的仆人，一向听从主人的命令，永远忠心地伺候您，一直伺候到头发都白了。关于彼得·安得烈伊奇的伤势，我不曾写信给您，是为了使您不必无谓地担惊，我又听说，我们的主母阿芙多吉雅·伐西列芙娜竟吓得生起病来了，我为她老人家的健康祷告上帝。彼得·安得烈伊奇的伤口在右肩下的胸部，正在骨头下面，大约有一维尔肖克[1]半深。他一直躺在司令家里，是我们当时把他从河岸抬了去的，医治他的是我们这里的理发师司捷潘·帕拉莫诺夫。现在彼

[1] 俄寸，一维尔肖克合4.445公分。

得·安得烈伊奇，谢谢上帝，已经恢复了健康，提到他除了好的以外，更没有什么可以禀告的了。听说，司令们都很满意他。他在伐西里萨·叶戈洛芙娜家里，更和亲生的儿子一样。至于他所遭受的这场意外之事，那正是好汉的往事不足深责[1]；马有四只脚，还是要跌倒。[2] 您的信上说，要派我去放猪，那也是您主人的恩典。谨请崇安。

您的忠心的仆人
阿尔希普·萨威里奇

在读着这个好老头子所写的信的时候，我禁不住微笑了好几次。我觉得我简直没有力量回答我的父亲。为了安慰母亲，萨威里奇的信，在我看来也很够了。

从那时候起，我的情况改变了。玛丽亚·伊凡诺芙娜几乎不再跟我说话，并且竭力避免见我。司令的住宅开始使我讨厌了，渐渐地我习惯了独自在家里静坐。伐西里萨·叶戈洛芙娜起初看见这种情形，还常常责备我，可是看到了我的固执，也就不再管我了。我跟伊凡·库兹米奇只在公事上有来往。士伐勃林我很少会见，而且也懒得和他见面，尤其是我看出了他对我怀有隐藏着的恶意，这一点正证实了我对他的怀疑。我的生活变得难以忍受了。我所处的境地正是人在孤独和无聊中所感到的忧伤的境地。我的爱情在孤独生活中炽烈起来，而且越来越加深我的痛苦。对于读书和文学的嗜好消失了，我的精神也沮丧了。我只怕我不是快要发疯，就是快要放荡了。那时突然发生了一件对我一生有着重大影响的事变，这才使我的心灵产生一种强烈而美好的动荡。

---

[1] 谚语，相当于我国的成语"既往不咎"。
[2] 谚语，相当于我国的成语"智者千虑，必有一失"。

第六章

普加乔夫的暴动

我们，年迈的老头子，就要讲了，
你们，年轻的小伙子，你们听着！

歌[1]

在我开始讲述这个我亲眼看见的奇怪的事变以前，我得稍微说一说一七七三年末的奥伦堡省的情形。

在这个广大而富庶的省里，那时候居住着许多半开化的民族，他们承认俄国皇帝的统治还不很久，他们的不时暴动、不惯于法治和安居乐

---

[1] 这里的题词引自一首关于伊凡雷帝攻占喀山的歌（见诺维科夫所编的选集）。——英译本注

业、天性的反复无常和残忍，这一切使政府常监视他们，强迫他们归顺。因此只要是形势险要的地方，都建立了要塞，而移走在要塞中的人，大部分是哥萨克，这是多年以来占有雅伊克河两岸的人们。雅伊克的哥萨克虽然负责维持这边区的治安，然而有时候他们自己就变成被政府认为不安分和危险的子民。一七七二年，在他们的主要城镇里，就发生过一场暴动，这是因为特劳本贝尔格少将想叫军队服从法令，采取了严厉的措施。结果是特劳本贝尔格被他们残杀，哥萨克擅自改变了统治，最后是政府用大炮和严刑镇压了那一次暴动。

那是在我到达白山要塞之前不多久的事。现在一切都平静了，或者说看上去是平静了。当局太轻信了那些狡猾的叛徒假装的忏悔，他们却暗地里怀着愤怒，等待着机会，再来一次暴动。

我再说自己的故事吧。

一天晚上（在一七七三年十月初），我独自一人坐在我的家里，倾听秋风的呜呜的吼声，注视窗外的乌云从月亮旁边掠过。有人来说司令命我前去，我马上去了。在司令那里，我看见了士伐勃林、伊凡·伊格那启奇和那个哥萨克下士。伐西里萨·叶戈洛芙娜和玛丽亚·伊凡诺芙娜都不在房间里。司令向我问候了一下，他像是很担心的样子。他关了门，让我们大家坐下，只除了那个站在门边的下士。他从衣袋里取出一张纸，向我们说道："各位军官，现在有很重要的消息！请听着将军的命令。"他戴上了眼镜，读道：

白山要塞司令米罗诺夫上尉：

密　令

案查顿河哥萨克分离派教徒叶美梁·普加乔夫，自拘所脱逃后，僭窃先帝彼得三世[1]之名，已犯不赦重罪。现竟纠集乱民，在雅伊克沿岸各村作乱，并已攻陷及破坏要塞数处，到处抢掠残杀。仰该上尉于奉令后，迅即采取必要措施，击退该罪犯与僭逆。倘该犯胆敢轻犯该上尉所辖要塞，着即相机将其全部歼灭。此令。

"采取必要措施！"司令说道，除下了眼镜，折起了那张纸，"听见了吗？说说是很容易的。那个强盗，显然是很厉害的，而我们却只有一百三十个人，哥萨克计在内，他们并不完全可靠——这可不是说你呢，马克西米奇！（那下士笑了一笑。）然而，这是没有办法的啊，各位军官！大家都准备好吧，建立起岗哨和查夜。如果打过来了，我们要把大门关闭，要把兵士们带出来。马克西米奇，你要严格地监视你们哥萨克。大炮要检查一下，好好地擦干净。可是最紧要的就是所有这一切应该保守秘密，不要让要塞里的任何人事先知道。"

发出了这些命令之后，伊凡·库兹米奇就让我们离开了。我同士伐勃林一起走出，讨论这刚才听到的消息。"你的意见怎样，这件事能有什么结果呢？"我问他。"天晓得，"他回答说，"我们以后再看。我现在看不出有什么严重。可是如果……"说到这里他沉思起来，又心不在焉地吹起法国小调来。

尽管我们预防严密，关于普加乔夫出现的消息却在全要塞传遍了。伊凡·库兹米奇虽然很尊敬自己的太太，可是他无论如何不会把军事秘密泄露给她的。他一得到将军的命令，就想出了一个相当巧妙的方法，把伐西里萨·叶戈洛芙娜支使出去，对她说，好像盖拉辛牧师刚从奥伦堡得到惊人的消息，却又保守秘密。伐西里萨·叶戈洛芙娜立刻就想去访问牧师太太，并且依了伊凡·库兹米奇的劝告，带了玛莎一道去，以

---

[1] 彼得三世（一七二八——一七六二）是彼得一世之女安娜·彼得罗芙娜的儿子，于一七六二年登位后不久，就被其后叶卡捷琳娜二世囚禁，杀死。

免她一个人寂寞。

伊凡·库兹米奇在完全可以自作主张以后，就立刻召集我们，又把帕拉士卡关在堆房里，怕她来偷听我们。

然而伐西里萨·叶戈洛芙娜从牧师太太那里什么也没打听出来，就回来了。她知道了在她不在的时候，伊凡·库兹米奇这里曾开了一次会议，并且把帕拉士卡锁在堆房里。她看透了她是受了丈夫的骗，立刻就追根究底地盘问她丈夫。然而伊凡·库兹米奇已经准备了这一着，因此他一点不在乎，很干脆地回答他的好奇的太太："你听见了吗？我的太太，我们这里的女人想用麦秸烧炉子，因为这样做可能闯祸，所以我下了一道严厉的命令，禁止她们以后再用麦秸烧炉子，只用枯树枝烧。"——"可是为什么你要把帕拉士卡锁起来呢？"司令夫人问道，"为什么叫这可怜的丫头一直在堆房里坐到我们回来呢？"对于这样一个问题，伊凡·库兹米奇却没有作任何准备，他说不上来了，就含含糊糊地说了一些很不连贯的话。伐西里萨·叶戈洛芙娜看出了丈夫的狡猾，可是也明白，从她丈夫嘴里再也探听不出什么，就不再问，说起别的来，她说阿库里娜·潘菲洛芙娜用特别的方法腌了一些黄瓜。伐西里萨·叶戈洛芙娜整夜没有睡觉，怎样也猜不出来她丈夫的脑子里到底有什么还会怕她知道的事情。

第二天，她从教堂里做完早祷回来，看见伊凡·伊格那启奇正从大炮里拉出破布、石子、木片、骨头，以及种种被孩子们塞在里面的破烂东西。"这些军事上的准备究竟为的什么？"司令夫人想着，"是不是等待吉尔吉斯人的进攻呢？难道伊凡·库兹米奇怕我知道的就是这样的小事吗？"她把伊凡·伊格那启奇叫了来，立意要从他嘴里探听出这个秘密，因为这个秘密折磨了她那妇女的好奇心。

伐西里萨·叶戈洛芙娜起头向他说了一些家务，这就像一个法官开始审问案件，先拿一些不相干的问题分散被告人的注意力一样。然后，静默了几分钟之后，她深深地叹口气，摇着头说："上帝呀！你看，这是什么事！将来可怎么好啊？"

"可是，我的太太！"伊凡·伊格那启奇回答道，"上帝是慈悲的，我们有足够的兵，有很多的火药，大炮我也擦干净了。我们一定可以打退普加乔夫。只要上帝保佑，猪就吃不到什么！[1]"

"那个普加乔夫是怎样的人呢？"司令夫人问道。

这时候，伊凡·伊格那启奇才理会自己说漏了嘴，立刻就一声不响了。然而，已经太迟了。伐西里萨·叶戈洛芙娜逼着他说明一切，她答应决不去告诉别人。

伐西里萨·叶戈洛芙娜履行了自己的诺言，一句话也没向任何人说，只除了牧师太太而外，这也全是因为牧师太太的牛在荒原上牧放，可能被强盗抢走的缘故。

不久，大家纷纷谈论普加乔夫了，有各种各样的说法。司令派了下士到邻近各村、各要塞去仔细侦察。过了两天，下士回来报告说，在离要塞六十维尔斯塔以外的荒原里，他看见了无数的灯火，听到巴什基尔人说，有一支来历不明的军队正在开来。不过他说不出确凿的话来，因为他不敢再往远一点的地方去。

在要塞里的哥萨克之间引起了非常的骚动。每条街上，他们成群结队地站着，低声交谈着，看到有骑兵或驻防军过来时，就立刻走散。暴徒也派了一些间谍到他们那里来。归了正教的喀尔美克人[2]尤莱来见司令，报告了一个很重要的消息。照尤莱说，那下士的报告是伪造的，因为那狡猾的哥萨克在回来以后，曾对他的同伴讲过，他曾走到暴徒那里，并见过他们的首领，那首领把他叫到自己跟前，同他谈了好久。司令立刻逮捕了下士，就让尤莱补了他的位置。哥萨克得到这个消息后，都显然不满意，高声地发出怨言。执行司令的命令的伊凡·伊格那启奇

---

[1] 谚语，意思是：信神就不怕坏人。
[2] 蒙古系的游牧民族，即额鲁特族。

亲耳听到他们说："等着，报应就要来了，你这驻防军老鼠！"司令想在当天审问他的犯人，可是下士却逃出了禁闭室，当然是他的伙伴们帮助了他。

新的情势增加了司令的不安，捉住了一个拿着造反传单[1]的巴什基尔人。关于这件事，司令想重新召集一下他的军官们，因此又想用冠冕堂皇的托词请伐西里萨·叶戈洛芙娜离开。可是伊凡·库兹米奇是一个最直率、最诚实的人，他除了第一次用过的方法，寻不出第二个来。

"听见了吗？伐西里萨·叶戈洛芙娜，"他干咳着对她说道，"我听说，盖拉辛牧师从城里得到了……""别扯谎了，伊凡·库兹米奇，"司令夫人打断了他，"当然是你又要开会，趁我不在的时候，讨论叶美梁·普加乔夫的事。可是这一次你骗不了我！"伊凡·库兹米奇睁圆了眼睛望着她。"好，亲爱的！"他说道，"既然你都知道了，那就请你留下也好。我们就当着你讨论好了。""正对，正对，亲爱的，"她回答道，"你是狡猾不来的，请你召集军官们吧。"

我们又集合了起来，伊凡·库兹米奇当着他太太把普加乔夫的宣言念了一遍，这张宣言是一个文理不大通顺的哥萨克所写的。那个强盗宣布了他的企图，他要马上进攻我们的要塞，他号召哥萨克和士兵加入他的匪帮。他又劝告官长们不要抵抗，要不然就有死刑的危险。那张宣言的词句虽然粗鲁，却很有力量，头脑简单的人听见了，一定会引起畏惧的影响来的。

"这样的无赖！"司令夫人高声说道，"他竟敢向我们提起意见来了！我们要去迎接他，要把军旗放到他的脚下！嘿，这个狗养的！他难道不知道，我们已经在军队里服务了四十年？谢谢上帝，我们什么都见过了，难道有听从强盗的司令吗？"

---

[1] 指普加乔夫号召人民起义的檄文。普希金曾称它是"人民善于辞令的绝妙的范本"。——原注

"我想不会，"伊凡·库兹米奇说道，"可是，据说那个强盗已经占据了许多要塞。"

"看上去他实在很有力量。"士伐勃林说道。

"好，让我们现在就看一看他的真正力量。"司令说道，"伐西里萨·叶戈洛芙娜，你把谷仓的钥匙给我。伊凡·伊格那启奇，把那个巴什基尔人带来，吩咐尤莱拿皮鞭来。"

"等一等，伊凡·库兹米奇，"司令夫人站起来说，"让我把玛莎送到别处去，要不然，她一听到喊声，就会吓坏了。老实说，我也不喜欢看拷问。再见吧。"

古代的刑讯在诉讼程序中已经扎下了深深的根，所以撤销刑讯的恩诏竟多年不发生效力。当时的人都以为，必须有犯人的口供才能完全证实罪行。这种想法不但没有理由，而且也很违背司法常识，因为没有犯人的招供，既然不足以证明犯人无罪，那么他的招供就更不能作为他犯罪的证据。甚至到了现在，我往往还听到一些老法官们为了这野蛮惯例的取消而表示遗憾。然而在当年，无论是法官还是犯人，谁也没有怀疑过刑讯的必要。所以听到司令的这个命令，我们没有一个人觉得奇怪和不安。伊凡·伊格那启奇去带那个锁在谷仓里的巴什基尔人（谷仓的钥匙由司令夫人收藏着）。几分钟之后，犯人已经被带到前室来了，司令吩咐把犯人带到他跟前来。

那个巴什基尔人很费力地跨过门槛（他戴着脚镣[1]），他脱下他的高高的帽子，在门边站住。我向他望了一望，不禁打起冷战来。我再也忘不掉这个人。他大约七十多岁。他没有鼻子，也没有耳朵。他的头剃得光光的，没有胡子，只有几根疏疏落落的白毛。他又矮又瘦，驼着背，可是他那双细小的眼睛却火一样地发光。"哦!"司令一见他这些奇

---

[1] 一种木制的刑具，把中间凿了窟窿的木头劈成两半，犯人的腿就伸在窟窿里，然后再把两块木头的两端箍起来。——原注

怪的特征，就认出他是一七四一年受刑的暴徒[1]之一，于是说道："你大概是一条老狼，曾经落在我们的网里过的。你的狗头刨得这么光，也一定不止造一次反了。走近来一点，从实招来，是谁打发你来的？"

这个老巴什基尔人什么也不回答，呆呆地望着司令，像一点也不懂的样子。"你为什么一声不响呢？"伊凡·库兹米奇接着说道，"也许你别里美思[2]不懂俄国话吧？尤莱，用你们的话问他，谁差了他到我们的要塞来的？"

尤莱用鞑靼话复述了伊凡·库兹米奇的讯问。可是那个巴什基尔人却用了同样的表情望着他，什么也不回答。

"雅克希！[3]"司令说，"你在我这儿总是要招的。小子们[4]！把他的那件该死的柳条长袍剥下来，打他的背。听着，尤莱，好好地揍他一通！"

两个残废兵开始剥下那个巴什基尔人的衣服。那个可怜的人的脸色显出了惊慌。他向四面望着，像被小孩子们捉住的小野兽一样。可是当一个残废兵把那个老人的胳膊放在自己的脖子上，把他背了起来，而尤莱拿起鞭子挥着抽打的时候，那个巴什基尔人就用衰弱的、恳求的声音呻吟起来，点着头，张开嘴，嘴里原来没有舌头，只有一截短短的舌根在动着。

我现在只要想起这一件我生平遇见过的事情，而现在我已经活到亚

---

[1] 在一七三七至一七四〇年间，由于沙皇政府的残酷剥削，巴什基尔民族发动了人民起义。这次起义被非常凶残地镇压下去了。普希金在论到巴什基尔人的时候写着，当普加乔夫起义时，即经过了三十多年以后，"一七四〇年的残杀事件还生动地在他们的脑子里记忆着。"——原注
[2] 鞑靼语，这里的意思是完全、丝毫。——原注
[3] 鞑靼语，意思是好吧！——原注
[4] 沙皇俄国的军官对士兵的称呼。

历山大皇帝[1]的仁慈的统治时代，就不禁对教化的迅速进步和人道思想的传布感到惊异。青年人啊！假如我这篇札记会落到你手里，请你牢牢记住：最完善而持久的改革，应当是由于风气的改良而来，不经过任何暴力的震动。

大家都觉得惊奇。"嗯，"司令说，"我们大概追不出他的什么来了。尤莱，把这个巴什基尔人带回谷仓去。诸位军官，我们还要谈点事情！"

我们就开始讨论我们的情况，突然，伐西里萨·叶戈洛芙娜走了进来，不停地喘息着，非常惊慌的样子。

"你这是怎么了？"司令大吃一惊地问道。

"不好了，亲爱的！"伐西里萨·叶戈洛芙娜回答道，"下湖要塞今天早晨沦陷了。盖拉辛牧师的工人刚刚从那儿回来，他看见要塞是怎样沦陷的。司令和所有的军官都被绞死了，全体士兵都被俘虏了。眼看那些强盗就要到这儿来的。"

这个意外的消息使我大吃一惊，下湖要塞司令是一位沉静的、谦虚的青年人，我认识他，因为在两个月以前，他带着他那个年轻的妻子从奥伦堡经过此地，到过伊凡·库兹米奇家里。下湖要塞离我们的要塞大约有二十五维尔斯塔。我们随时可以遭受到普加乔夫的进攻。我生动地想象着玛丽亚·伊凡诺芙娜的命运，以致心惊肉跳起来。

"请您听我说一句，伊凡·库兹米奇！"我对司令说道，"我们的职务是保护这个要塞一直到我们的最后一息，这是不必说了。可是我们也应该注意一下妇女们的安全，假如路上还可以走，就请您把她们送到奥伦堡去吧，要不然就送到那些强盗一时不能打到的更远一点、更可靠的要塞去。"

---

[1] 指亚历山大一世（一七七七——一八二五），他是女皇叶卡捷琳娜二世的孙子，于一八〇一年登位。

伊凡·库兹米奇转身向他的太太说道："你听见了吗？亲爱的？说真的，在我们打败暴徒以前，是不是要送你们到远一点的地方去？"

"废话！"司令夫人说道，"哪儿有枪弹打不到的要塞呢？我们的白山要塞有什么靠不住的？谢谢上帝，我们在这儿已经住了二十二年了。我们见过巴什基尔人，也见过吉尔吉斯人，也许我们也熬得过普加乔夫的！"

"好，好，亲爱的，"伊凡·库兹米奇说道，"既然你信任我们的要塞，那就请你留下。可是对玛莎我们怎么办？如果我们能够支持过去，或者能够等到救兵来，那当然很好，可是如果那些强盗占领了要塞呢？"

"嗯，那就……"伐西里萨·叶戈洛芙娜结结巴巴了一阵，就不响了，显得非常不安。

"不，伐西里萨·叶戈洛芙娜，"司令接着说，看到他的话发生了效力，这也许还是他一生中第一次呢，"玛莎留在这儿是不方便的。我们把她送到奥伦堡她的教母那儿去。那儿他们有许多兵，有很多的枪炮和高大的石墙。就连你，我也劝你和她一块儿去。虽然你是老太太了，如果他们攻下了我们的要塞，你瞧，你会碰到什么事情。"

"好，好，"司令夫人说道，"就这么办吧，我们把玛莎送去。可是你别梦想让我去，我不去。我这么大年纪了，何苦再离开你，到外乡去找孤独的坟墓。我们一起生活过来了，我们也要一起死！"

"这也行，"司令说道，"我们不要耽误了。你去安排玛莎动身，明天天一亮我们就打发她走，再派卫队护送她，虽然我们已经没有多余的人了。可是玛莎在哪儿呢？"

"在阿库里娜·潘菲洛芙娜那儿！"司令夫人回答道，"她听到下湖要塞沦陷之后，感到很不舒服。我怕她要生病了。上帝呀，我们竟到了这样的地步了！"

伐西里萨·叶戈洛芙娜忙着去张罗她女儿动身的事情了。司令这里的谈话仍然继续下去，可是我已经不再插嘴，也没有听到他们说些什么。玛丽亚·伊凡诺芙娜在晚餐的时候来了,她面色苍白,哭红了眼睛。我们默默地吃完了晚饭,也比往常更快地离开了桌子。向他们一家人道过别,我们就各自回家。可是我故意留下了我的剑,又回转去拿。我预料能看见玛丽亚·伊凡诺芙娜独自在那里。果然,她到门边来迎接我,又把剑交给我。"再见,彼得·安得烈伊奇,"她眼泪汪汪地对我说,"他们送我到奥伦堡去。祝您前途幸福,也许上帝保佑我们还能见面,万一不能……"她抽抽噎噎地哭了起来。我抱住了她。"再见,我的天使!"我说道,"再见,我的亲爱的!我心上的人!无论遇到什么事情,相信我,我最后的念头和最后的祷告都一定落在你的身上!"玛莎抽噎着,紧紧地靠在我的胸前。我热烈地吻了她一下,就赶快离开了。

第七章

进　攻

首领，我的首领，
士兵的首领！
我的首领服务了
已经有三十三年。
咳，首领既没有挣得快乐，
也没有挣得钱财，
既没有挣得高高的官爵，
也没有挣得称赞；
首领不过挣得
两根高高的柱子，
一根枫树的横木，

还有丝线的绳环。

民歌[1]

那一夜我没有睡觉，连衣服也没有脱下。我打算在黎明的时候，就到玛丽亚·伊凡诺芙娜必经的要塞的大门口去和她作最后一次道别。我觉得我内心有很大的改变。我心里虽然有些激动，可是跟不久以前所遭遇的灰心比较起来，痛苦却小一些。我心头抱着的不很分明然而甜蜜的希望焦急地等待着。危险的情绪、高尚的荣誉感都和离愁别恨打成一片了。黑夜不知不觉地过去了，我正要走出房子的时候，忽然我的门开了，一个伍长来报告说，我们的哥萨克夜里离开了要塞并掳去了尤莱，而且在要塞附近有不明不白的人们走来走去。玛丽亚·伊凡诺芙娜一定来不及走出去的这个思想使我感到恐怖。我迅速地给了伍长几句命令，又立刻向司令那边跑去。

天色已经大亮了，我飞快地在街上走着，忽然听到有人唤我。我停下了。"您往哪儿去？"伊凡·伊格那启奇问道，追着我。"伊凡·库兹米奇在城墙上，差我来叫你，普加乔夫来了。""玛丽亚·伊凡诺芙娜走了没有？"我担忧地问道。"没有！"伊凡·伊格那启奇回答说，"到奥伦堡去的路已经截断，我们的要塞也被圈住。事情不好了，彼得·安得烈伊奇！"

我们向城墙走去，那是天然形成的高地，有密密的木椿做成的障壁。那里已经聚集了所有住在要塞里的人。驻防军都拿了枪站着，大炮昨天就移到这儿来了。司令在他的人数不多的队伍面前走来走去。逼近的危险使这个老军人异常振奋起来。在荒原中，离开要塞不多远的地方，有二十来个骑马的人在活动着。他们似乎是些哥萨克，可是其中也

---

[1] 这里的题词引自《亲王贵族的死刑之歌》，是开头的几行（见诺维科夫所编的选集）。——英语本注

有些巴什基尔人，凭着山猫皮帽子和箭袋，很容易识别他们。司令在他的部队周围走了一遭，就对士兵说："好，小子们，今天我们要为了我们的女皇[1]作战！我们要让全世界知道，我们是勇敢的、忠心的人！"兵士们欢呼着表示他们的热情。士伐勃林站在我旁边，注视着敌人。在荒原中的那些骑马的人，看到要塞里的行动，都聚集在一处了，好像是在商议些什么。司令命令伊凡·伊格那启奇将大炮向那一群人瞄准，他自己点着了火线。炮弹吱吱地响着，从那些敌人上面掠过去，谁也不会受伤。那些骑兵散开了，立刻看不见了，荒原上空旷了起来。

这时候，伐西里萨·叶戈洛芙娜也到城墙上来了，玛莎也同她一起，她不愿意离开她母亲。"怎么样了？"司令夫人问道，"战争进行得怎样？敌人到底在哪儿？""敌人在附近，"伊凡·库兹米奇回答道，"上帝保佑，一切都会平安无事的。怎么样，玛莎，你不怕吗？""不，爸爸！"玛丽亚·伊凡诺芙娜回答道，"一个人在家里，更害怕呢。"这时她望了我一眼，勉强地微笑着。我不禁紧紧地握住我的剑柄，记起这把剑是昨天我从她手里接过来的，好像是拿来保护我心爱的姑娘的。我的心燃烧了。我想象我是她的骑士。我渴望着要显一显自己是值得她信任的，于是迫不及待地等待着紧要关头。

就在这时，从距离半维尔斯塔的一座小山后面，出现了一群群新的骑兵，立刻，荒原中蜂拥着极多的人，用长矛和弓箭武装着。在他们之间，有一个骑白马的人，穿着红的长袍，拿着出鞘的佩刀。那正是普加乔夫本人。他站住了，大家围着他，显然是奉了他的命令，有四个人飞快地一直向要塞驰来。我们认出了那是我们自己的叛徒。其中一个拿了一张纸举在头上，另一个在他的矛头上挑着尤莱的头，摇晃了一下就把它抛到我们的木棚里来。这个可怜的喀尔美克人的头落在司令脚边。那

---

[1] 指卡捷琳娜二世，她于一七六二年登位。

些叛徒喊道："不要开枪，大家都到皇帝这儿来，皇帝在这儿。"

"我马上就揍你们！"伊凡·库兹米奇喊道，"开枪啊！小子们！"我们的兵一齐放了一排枪。那个拿信的哥萨克摇晃着从马上跌下，其余的都跑了回去。我望了一望玛丽亚·伊凡诺芙娜。她看见尤莱的血淋淋的头，已经吓昏了，又被一排枪声震聋了，似乎失去了知觉。司令把伍长叫到跟前，命令他去从那个打死的哥萨克手里拿那张纸来。那个伍长走到战场上，回来的时候，把那个死了的哥萨克的马也牵来了。他把那封信交到司令手里。伊凡·库兹米奇独自看了一遍，就立刻把它撕得粉碎。那时候，敌人显然是准备进攻了。不久，子弹就在我们身边嘘嘘地响着，也有一些箭射到我们近旁的土里和木棚上。"伐西里萨·叶戈洛芙娜，"司令说道，"这不是女人的事。领着玛莎回去吧，你看，这姑娘已经半死不活了。"

伐西里萨·叶戈洛芙娜在枪弹轰击下已经一声不响了。她向荒原望了一望，只见那里有很多人马活动着，于是她转过身来向着丈夫，说道："伊凡·库兹米奇，我们的生死都在上帝的手里了。给玛莎祝福吧！玛莎！到父亲那儿去！"

玛莎脸色苍白，颤抖着走到伊凡·库兹米奇那里，跪了下去，头碰在他前面的地上。老司令给她画了三次十字，于是他拉起了她，吻了她，说话的声音都变了："好，玛莎，愿你幸福！向上帝祷告吧，他不会舍弃你的。如果有了称心如意的未婚夫，愿上帝保佑你俩亲爱、和睦。要像我同伐西里萨·叶戈洛芙娜一样的生活。好，再见吧，玛莎！伐西里萨·叶戈洛芙娜，马上领她走吧！"

玛莎伸手拥抱父亲的脖子，哭了起来。

"让我们也接个吻，"司令夫人哭着说道，"再会，我的伊凡·库兹米奇！请你原谅我，如果我有过惹你生气的地方！"

"再会，再会，亲爱的！"司令说道，拥抱了自己的老伴，"好了，够了！赶快回家去吧，如果来得及的话，给玛莎穿起萨拉方[1]来。"司令夫人和她的女儿走了。我目送着玛丽亚·伊凡诺芙娜，她也回过头来向我点头。这时，伊凡·库兹米奇向我们转过身来，把全部精神都集中在敌人身上了。叛徒们都骑着马集合了起来，围着他们的首领，突然一个个都下了马。"现在，我们要稳住劲，"司令说道，"他们马上要进攻了……"就在这当儿，发出了可怕的尖锐的呼啸声和呐喊，叛徒都向要塞跑来。我们的大炮已经装好了霰弹。司令让那些敌人走到了最近的距离，突然又放了一炮。炮弹正落在人群的中央。叛徒们向两面散开，又往后退了些。他们的首领独自留在前面，他挥着佩刀，显然是热烈地鼓励着他们……呼啸和呐喊虽然静下了一会儿，却又重新起来了。"嘿，小子们，"司令说道，"现在打开大门，擂起鼓来。小子们，前进啊！冲过去，跟着我走！"

司令、伊凡·伊格那启奇和我，立刻都到了城墙外面，然而那些胆小的驻防军却站着不动。"你们为什么站着？小子们？"伊凡·库兹米奇喊道，"死就死吧，这是军人的神圣的责任！"就在那当儿，叛徒们已经向我们冲来，攻进了要塞。鼓手不打了，驻防军都把枪丢在地上，我差一点被人打倒，但我终于站起来，被叛徒们拥进要塞里。司令头上受了伤，站在一群暴徒中间，他们要他交出钥匙来。我冲过去想帮助他，可是有几个很强壮的哥萨克捉住我，用皮带把我绑起了，说道："回头够你们受的，你们这些反抗皇帝的家伙！"他们拖着我们走过大街，住民都从家里出来，拿着面包和盐。教堂的钟声响了。忽然，从一群民众中间，又传来叫喊声："皇帝在广场上等着人家把俘虏带上来，接受大家的宣誓。"民众全向广场冲去，我们也被赶到那里去了。

普加乔夫坐在司令住宅的台阶上的一张靠椅里。他穿着哥萨克的镀着金线的红长袍，金穗貂皮的高帽一直压到他那双闪烁发光的眼睛上。

---

[1] 一种彩色背心，以前俄国农家妇女的服装。

他的容貌我似乎认识。哥萨克首领们围着他，苍白而且颤抖的盖拉辛牧师站在台阶旁边，拿着十字架，好像是默默地在替这些在场等着受刑的人向那位首领说情。广场上很快地搭起绞架来。当我们走近的时候，巴什基尔人赶散了民众，带我们到普加乔夫面前。教堂的钟声停了，大地上笼罩着一片寂静。"谁是要塞司令？"那个冒名为皇的人问道。从民众中走出了我们的下士，指着伊凡·库兹米奇。普加乔夫严厉地望着老头子一眼，说道："你怎么敢反抗我，反抗你自己的皇帝？"因为受伤而衰弱下去的司令，鼓起了他最后的力量，用坚定的声音回答道："你不是我的皇帝，你是强盗，你是冒名的，你听见了没有？"普加乔夫阴沉地颦着眉头，挥一挥他的白手帕。几个哥萨克就抓住了老上尉，把他拖到绞架下。我们昨天审问的那个残废的巴什基尔人已经骑在绞架的横木上了。他手里拿着绳子，一分钟后，我看见了不幸的伊凡·库兹米奇已经被拉到空中去了。那时他们又把伊凡·伊格那启奇拉到普加乔夫面前。"对你的皇帝彼得·费多洛维奇[1]宣誓吧！"普加乔夫对他这样说。"你不是我们的皇帝。"伊凡·伊格那启奇答道。他把自己的上尉的话重复了一遍："你这无赖，是强盗，是冒名的。"普加乔夫又挥了挥手帕，这个忠厚的中尉也被挂在他的老长官旁边了。

轮着我了。我大胆地望着普加乔夫，准备再把我的慷慨激昂的同伴的话重复一遍。正在那当儿，我感到说不出的诧异，在那些叛徒的首领之中，我忽然看到了士伐勃林，照哥萨克一样剪了头，还穿着哥萨克的长衣。他走到普加乔夫身旁，在他耳朵边说了几句话。"绞死他！"普加乔夫说道，连看也不看我。绳环已经套在我的脖子上了。我默默地念着祷告，忠诚地在上帝面前忏悔我的一切罪恶，又恳求上帝拯救我的一切亲爱的人。他们把我拉到绞架下面。"不要怕，不要怕！"那些叛徒对我说了又说，也许他们真是在那里安慰我。突然，我听到了喊声："等一

---

[1] 即彼得三世。

等！该死的，等一等！……"那些刽子手停下了。我望了一眼：萨威里奇伏在普加乔夫脚边。"亲爱的父亲哪！"我那个可怜的管教人说道，"我的少爷死了，对于你又有什么好处？你把他放了吧，自然会有人给你送赎金来。如果只为了杀一儆百，那就不妨请你命令他们绞死我这个老头子！"普加乔夫做一下手势，他们立刻放开了我。"我们的父亲饶恕你了。"他们跟我说。我不能够说明，在那当儿，对于我的释放，我是高兴呢，还是懊恼。我的情感太混乱了。他们重新拉我到那个冒名的那里，使我跪在他面前。普加乔夫向我伸出了露着青筋的手。"吻他的手吧！吻他的手吧！"周围又有人说道。可是我宁可受最残酷的死刑，也不愿意受这样卑鄙的侮辱。"亲爱的彼得·安得烈伊奇！"萨威里奇低声对我说道，他站在我背后，推着我，"不要固执了！那又算什么呢？吐一口唾沫，吻那个强……（呸！）吻他的手吧！"我一动不动。普加乔夫收回了他的手，含笑说道："他老爷大概是高兴得糊涂了。把他扶起来吧！"他们把我扶了起来，听我自由行动。我就开始观看这出悲喜剧的继续的表演。

居民都宣了誓。他们一个一个地走来，吻着十字架，然后再对那个冒名的致敬。我们的驻防军也都站在那里，一个连部里的裁缝，拿了一把钝的剪子，剪掉他们的发辫。他们抖下了衣服上的短发，走到普加乔夫身旁吻他的手，他就宣布赦免他们，并且收留他们入伙。这一切继续了大约三小时之久。最后，普加乔夫从靠椅上站了起来，由哥萨克首领们伴着他走下台阶来。他们给他牵来一匹套着富丽的马具的白马，两个哥萨克扶着他的两臂，帮他上了马。他对盖拉辛牧师说，他要到他那里午餐。就在这时候，听到了女人的喊声。有几个强盗拖着裸体的、披头散发的伐西里萨·叶戈洛芙娜到台阶上来了。其中有一个已经把她的暖背心穿在自己身上。另外一些人往外拿褥子、箱子、茶具、衣服以及一切日用品。"老爷子们！"这可怜的老太太喊道，"让我平平安安地死吧。亲爱的，领我到伊凡·库兹米奇那儿去吧！"她忽然望到绞架上，认出了她的丈夫。"强盗!"她好像发疯一样地喊道,"你们竟敢这样对待他吗?我的天哪,伊凡·库兹米奇,你这个勇敢的军人的首领!无论普鲁士的刺刀,或是土耳其的子弹,都没有伤害你,你没有在光荣的战争中牺牲自己的生命,你却在逃犯的手里毁掉了自己!""不要让那个老妖精再响了!"普加乔夫说道。一个年轻的哥萨克一刀砍在她的头上,她跌在台阶上,死了。普加乔夫骑着马走了,民众跟着他跑去。

第八章

不速之客

不速之客比鞑靼人还可恶。

谚语[1]

广场上没有人了。我还在原地方站着，不能将我那被这些可怕的印象所扰乱了的思想再集中起来。最使我难过的是，不知道玛丽亚·伊凡诺芙娜的命运。她在哪儿？她的情况怎样？她已经躲藏起来了吗？她的藏身之处可靠吗？我充满了不安的思想，走进了司令的房子。一切都空了：所有的椅子、桌子、箱子都打破了，瓷器都打碎了，一切东西都被

---

[1] 这一句古老的俄国谚语，是在鞑靼蒙古人入侵俄国时（十三至十五世纪）产生的。——英译本注

抢走了。我顺着小小的楼梯跑到一间光亮的房间里，这是我生平第一次走进玛丽亚·伊凡诺芙娜的房间。我看见了她的床褥已经被那些强盗翻腾过了，柜子打破了，里面的东西都被抢光，神灯还在空的神龛前面站着，两扇窗户之间的墙上挂着的一面小镜子却保全下来。这间朴素的闺房的女主人在哪儿呢？我忽然有了这样一个恐怖的思想：我幻想着她落在强盗手里的情形，我的心痛起来。我凄凉地哭着，而且高声地喊出了我那心爱的人的名字。在这当儿，听到了轻轻的响声，从柜子后面，出来了苍白的、发抖的帕拉莎[1]。

"啊，彼得·安得烈伊奇！"她拍着手说道，"怎样的日子啊！怎样的恐怖啊！"

"玛丽亚·伊凡诺芙娜在哪儿？"我着急地问道，"玛丽亚·伊凡诺芙娜怎么样了？"

"小姐活着呢，"帕拉莎回答道，"她躲在阿库里娜·潘菲洛芙娜家里。"

"在牧师太太那儿！"我恐怖地喊道，"我的上帝！普加乔夫不是正在那儿吗？……"

我很快地跑出房间，立刻到了街上，就向牧师的屋子急急地跑去，什么也看不见，什么也不知道，从那里听到了叫喊、大笑、歌唱……普加乔夫同了他的伙伴们欢宴着。帕拉莎也跟着我跑到牧师的屋子来了。我要她悄悄地给我请阿库里娜·潘菲洛芙娜出来。一分钟后，牧师太太就到了门洞里我的面前，手里拿着一个空酒瓶。

"上帝呀！玛丽亚·伊凡诺芙娜在哪儿？"我问道，怀着难于描写的不安。

"她躺着，我的亲爱的姑娘在我的床上，就在隔板后面！"牧师太太回答道，"唉！彼得·安得烈伊奇，几乎遭到不幸，谢谢上帝，一切都

---

[1] 即帕拉士卡。

平安地过去了：那强盗刚刚坐下吃饭的时候，她，那个可怜的姑娘，却醒转过来了，呻吟着！我几乎吓死了！他听到了就问：'谁在你这儿叹气，老太婆？'我给这强盗鞠了一个深深的躬，答道：'是我的侄女，陛下！她得了病，已经在床上躺了两个星期了。''你的侄女年轻吗？''年轻，陛下！''给我看一看你的侄女好吗？老太婆！'我的心吓呆了，可是没有法子。'听您吩咐，陛下。可是那姑娘却不能起床到您这儿来。''那不要紧，老太婆，我自己走过去看她。'你知道，他真走去了，那个该死的走到隔板后面。你说他怎样！他拉开帐子，用他的老鹰眼向床上望了一眼，总算没有什么！……上帝保佑了她！你相信吗？我和牧师那时候简直就准备殉难了，幸而那个可怜的姑娘没有认出他来。上帝呀！我们竟活到了这样的好日子！还有什么说的！可怜的伊凡·库兹米奇！谁能想得到呢？还有伐西里萨·叶戈洛芙娜？还有伊凡·伊格那启奇？他又为了什么呢？为什么饶了你？可是阿力克舍·伊凡尼奇，你怎么说？看，他也照哥萨克的样子剪了头发，现在也在我们这儿跟他们一起喝酒。这人狡猾得很，没什么可说的！当我说我的生病的侄女的时候，他，你猜怎么样，就把眼睛狠狠地盯了我一眼，好像刀子刺到我的心里似的，然而他并没有发现什么，这点还得谢谢他！"就在这当儿，听到了客人们的酗酒的叫喊和盖拉辛牧师的声音。客人要酒，主人喊着老伴。牧师太太只得去张罗。"快回家去吧，彼得·安得烈伊奇。"她说道，"现在我顾不得您了，强盗们正在喝酒。万一您落到酒鬼手里，那才倒霉呢。再见吧，彼得·安得烈伊奇，要怎么样只好怎么样了，也许上帝不会抛弃我们！"

　　牧师太太走了。我稍微安心一点了，就回到自己的住所去。经过广场的时候，我看见有几个巴什基尔人在绞架跟前挤着，拉下被绞死的人的靴子来。我竭力压下我的愤怒，觉得我这时去干涉也是全然无益的。强盗们在整个要塞里跑着，抢掠了军官们的住宅，到处都响着醉了的叛徒们的喊声。我到了我的家。萨威里奇在门槛边迎接我。"谢谢上帝。"

他看到了我，喊道，"我正在怕那些强盗又捉住你了。唉，亲爱的彼得·安得烈伊奇，你相信吗？那些无赖抢光了我们：衣服、被褥、瓷器，一切东西，什么也没给我们留下！总算好！谢谢上帝！他们把你放了！可是，我的少爷，你还认识那个统领[1]吗？"

"不，我不认识，他究竟是谁？"

"怎么了？亲爱的？你忘记在客店里骗去你那件兔皮袄的醉鬼了吗？全新的兔皮袄，披上去的时候，那个无赖连线缝也给撑裂了。"

我诧异极了。果然，普加乔夫和我以前那个向导真是像得很。我断定普加乔夫和那人是同一个人，这才明白了刚才放了我的原因。对于这境遇的奇怪的连锁，我不能不惊异：一件孩子的皮袄，送给了一个流浪者，这时却将我从绞架的绳环中救出来；一个以前在客店流浪的酒鬼，竟会围攻要塞，震撼了整个帝国。

"你不要吃点东西吗？"萨威里奇问道，还是没有改变他的习惯，"家里什么也没有了，让我去寻找一下，给你做点什么。"

独自留着，我又深思默想起来。现在我应该怎么办呢？留在受强盗控制的要塞里或者追随他的匪帮，都是使一个军官丢脸的事。我的义务是应该马上到能够在这艰难的现状下为祖国服务的地方去……然而我的爱情强有力地要求我留在玛丽亚·伊凡诺芙娜身边，做她的守护人和保护者。虽然我预料这种情况会不可避免地、很快地发生变动，然而一想到她的危险的境遇，我又不禁发抖。

我的思想被一个跑来的哥萨克打断了，他来通知我："陛下要你到他那儿去。""他此刻在哪儿？"我问道，准备服从命令。

"在要塞司令的住宅里。"那个哥萨克回答道，"午餐后，我们的父亲去过蒸汽浴室，现在正休息着。可是，老爷，大家处处看得出他的出

---

[1] 哥萨克的头目：最初是由哥萨克自己选举的，从哥萨克被沙皇收抚以后，就由沙皇政府指派。

身高贵。午餐时他吃光了两头烤小猪，在蒸汽浴室里，他又命令加火，热得连塔拉斯·库洛支金都耐不住了，只好把树枝帚子交给福姆卡·毕克琶也夫，用冷水浇在自己身上，才勉强透过气来。是的，我承认，他的一切态度都这么威严……他们说，在蒸汽浴室洗澡的时候，他给他们看他们自己的皇帝的标记，那是在他胸前的：一边是一只双头的鹰，有一个五戈比钱币那么大；另一边是他自己的像。"

我以为，反驳这个哥萨克的意见是不必要的，就跟他一起到司令的住宅去。我预先描画着跟普加乔夫的见面，又努力猜测着，它的结果如何。读者一定很容易想得到，我的态度并不是完全冷静的。

当我到司令的住宅的时候，已经黄昏了，可怕的绞架和绞架上的牺牲者特别显得黑暗可怕。可怜的司令夫人的尸首仍然躺着，已经掷在台阶下了，台阶前有两个哥萨克站着守卫。带我来的那个哥萨克进去报告我来了，立刻回转来，引我走进房间，咋天我就是在这里恋恋不舍地跟亲爱的玛丽亚·伊凡诺芙娜道别的。

我看见了惊人的情景：在铺着桌布、放满瓶子和杯子的桌子周围，普加乔夫同十来个哥萨克首领坐着，戴着帽子，穿着种种颜色的衬衫。大家已经喝得醉醺醺的，满脸通红，眼睛炯炯地发光。他们之中没有士伐勃林，也没有我们的下士——那两个新加入的叛徒。"哦，你老爷！"普加乔夫看见我的时候说道，"欢迎！请坐！"他的伙伴们挤紧了一点儿。我默默地在桌子边坐下。我的邻座，一个四肢匀称而漂亮的哥萨克青年，给我倒了一杯很平常的酒，我连尝也不尝。我好奇地、注意地望着这些同席的人。普加乔夫占据了首位，胳膊靠在桌子上，用他的宽大的拳头支持着有黑胡须的下颌。他的端正的、十分愉快的容貌一点也没有显出残忍的样子。他常常对一个五十岁左右的人谈话，忽而称呼他作伯爵，忽而又是吉莫费伊奇，有时还尊称他叔叔。大家互相对待的态度就像伙伴一样，对于他们的首领，没有一个人显出特别恭敬的样子。所谈的是关于早晨的进攻、暴动的胜利，以及将来的行动。大家都自称自赞，提出意见，而且很随便地和普加乔夫争论。在这奇怪的军事会议上决定了向奥伦堡前进，这种举动是鲁莽的，可是差一点得到了不幸的成功。普加乔夫宣布进军定在明天。"好了，弟兄们，"普加乔夫说道，"去睡觉之前让我们唱一曲我心爱的歌！屈马科夫[1]！唱吧！"我的邻座用尖嗓子唱起了悲哀的纤夫之歌，其余的人也合唱起来：

> 绿绿的橡树林，不要喧哗，
> 不要妨碍我勇士的思想；
> 明天我要去受审判了，
> 最严厉的法官，就是皇上。
> 他皇上就要向我问道：
> 告诉我，孩子，你农民的儿子，
> 你偷着，盗着，同了什么人，
> 你的同伴究竟还有多少？
> 我对您供认十足的真情，
> 对您，我的尊贵的、正教的沙皇，
> 我只有四个亲爱的同伴：
> 第一个是最黑暗的黑夜，
> 第二个是我的一把大刀，
> 第三个是我的一匹快马，
> 第四个是我的一把硬弓。
> 还有利箭，那是我的探子。
> 尊贵的、正教的沙皇就对我说：
> 干得好，孩子，你农民的儿子，
> 你勇敢地抢掠，勇敢地回答，

---

[1] 名费陀尔，雅伊克的哥萨克，普加乔夫军中的炮兵首领。——原注

我不得不赐给你一点礼物：
两根柱子和上面一根横木，
在空地中央的高高的建筑。

这些命中注定要受绞刑的人们唱出来的绞架的民歌，对我起了什么作用，真是难以叙述。他们的可怕的面貌、他们的和谐的歌喉、他们给这支本来就很动人的歌词添上了的悲惨的色彩——这一切，给了我一种诗意的惊心动魄的感觉。

那些客人又各自喝了一碗酒，就站起身来和普加乔夫道别。我也要跟他们一起出去，可是普加乔夫却说道："再坐一下！我要同你谈一谈。"我们就面对面地坐下了。

我们双方的静默继续了几分钟，普加乔夫一直注视着我，有时眨一下他的左眼，显示了狡猾和玩笑的表情。最后他笑了起来，笑得这么天真，连我看着他也笑了起来，我自己都觉得莫名其妙。

"怎么样，你老爷？"他说道，"当我的孩子们把绳子套上你的脖子的时候，你是怕得很了，你承认吗？我想，你一定觉得天只有羊皮那么大[1]了？如果没有你那个仆人，你早已经在绞架底下荡秋千了。我当时就认出了那个老家伙。你想得到吗？你老爷，那个领你到乌苗特去的人，正是大皇帝本人？"（他努力装得威严而且神秘。）"对于我，你犯了很大的罪，"他又说下去，"然而我却饶了你，因为你的好心，因为你在我不得不躲避我的敌人的时候，给了我帮助。你将来看一看，难道只有这么一点吗？我一旦要回了我的帝国，难道只赏赐你这么一点？你能不能答应替我忠心服务呢？"

这个无赖的问题以及他的狂妄似乎太可笑，我不禁微笑了。

"你为什么笑？"他问我，皱着眉头，"难道你不相信我是皇帝吗？

---

[1] 成语，大意是：人在惊慌过甚之际，觉得天也变形了。

老实告诉我！"

我感到不安。要承认这个流浪者为皇帝，我无论如何办不到，那在我似乎是不可原谅的怯懦。可是假如现在我竟当面叫他骗子，那一定会使自己陷于毁灭，而且，我刚才在绞架之下，在全体民众眼前，在愤怒的最初的火焰中所准备做的一切，现在我也认为只是无益的逞能而已，我迟疑着。普加乔夫沉下脸来等待我的回答。最后（就在今天，我还很满意地记得那个时刻），在我的内心，责任感战胜了人类的弱点。我回答普加乔夫道："请你听着！我要对你说出全部的真话。你自己想一想，我能不能承认你是皇帝呢？你是个聪明人，马上就会看出，我是否撒谎。"

"那么我是谁呢，照你看来？"

"上帝才知道你！可是无论你是谁，你却开着危险的玩笑呢。"

普加乔夫飞快地向我望了一眼。"那么你不相信我是皇帝彼得·费多洛维奇了？"他说，"那么，好吧。难道说勇敢的人就不会成功了吗？以前格利士卡·奥特列皮耶夫[1]不是也做了皇帝吗？无论你以为我是什么，你都不要离开我。其他的事情对于你又有什么关系？只要是牧师，就是父亲。[2]只要你给我忠心服务，我就要封你做公爵和大元帅。你以为怎样？"

"不，"我坚定地回答道，"我是接近宫廷的贵族，已经向女皇宣过誓，要对我们的女皇尽忠，我不能再给你服务了。假如你真要给我好处，那就请你允许我到奥伦堡去。"

普加乔夫想了一想。"如果我让你去，"他说道，"你能不能答应，至少不再来反抗我？""我怎么能答应你这一点呢？"我回答道，"你自

---

[1] 一六〇四年出现的伪沙皇，他是波兰地主的傀儡，冒充伊凡雷帝的儿子——皇子季米特利。在历史上，他被称为伪季米特利一世。——原注

[2] 谚语，大意相当于我国的成语"成则为王"。俄国人向来尊称牧师为父亲。

己也知道，那不能由我自己做主。假如他们派我去反抗你，那我就只好去，没有法子。看，现在你自己是首领，你自己也要求你下面的人服从。最需要我去服务的时候，我要是偏偏不去服务，那算怎么一回事呢？我的命在你手里，假如你放了我，我谢谢你，假如你杀了我，上帝会审判你，我对你说的都是真话。"

我的真诚显然很使普加乔夫惊异。"就那样吧！"他说道，拍拍我的肩头，"赏就是赏，罚就是罚。你爱往哪儿去就往哪儿去，你爱怎么办就怎么办。明天来和我道别，现在去睡吧，我也想睡了。"

我离开普加乔夫，走到街上。夜是无风而且寒冷，月亮和星星很明亮，照亮了广场和绞架。要塞里的一切都是静悄悄的、黑沉沉的。只在小酒店的窗户里有一点光，并且听得见深夜游荡的人们的呼叫声。我向牧师的屋子望着，窗外的雨挡和大门都关了，屋子里似乎一切都安静。

我回到了自己的住所，看见萨威里奇因为我不在，正在担心、发愁。他知道我自由了，又说不出的高兴。"谢谢你，上帝呀！"他说道，画着十字，"明天一大早，我们就离开要塞，眼睛看到哪儿就去哪儿。我给你预备了一点吃的，亲爱的。吃了之后，好好地睡到早晨，像在上帝怀里一样。"

我依了他的劝告，晚餐吃得很香，在精光的地板上睡去，身心都疲倦了。

第九章

离　别

和你聚会，真太甜蜜了，
你美丽的姑娘！
离别的时候却多么凄凉，
像离别灵魂一样！

赫拉斯科夫[1]

　　清早，鼓声吵醒了我。我就到集合的地点去了。那里，在绞架附近，已经排列着普加乔夫的军队，那里还吊着昨天的牺牲者。哥萨克都

---

[1] 赫拉斯科夫（一七三三——一八〇七）是俄国诗人及戏剧家，这里的题词引自他的《离别》一诗。——原注

骑在马上，士兵们都背着枪，旗子飘扬着。几尊大炮，其中我还认出了我们的一尊，已经放在行军的炮架上。全体居民都聚集在那里，等候着那个冒名的皇帝。在司令的住宅的阶前，一个哥萨克牵着一匹优良的吉尔吉斯种的白马。我用眼睛搜寻司令夫人的尸首，它已经移在旁边一些，盖上了草席。终于，普加乔夫走到门口来了，老百姓都脱下了帽子。普加乔夫在阶前站住，向大家招呼。有一个头目递给他一包铜钱，他就一把一把地撒在地上。老百姓喊着跑去捡钱，以致有些人受了伤。普加乔夫被主要的同谋者簇拥着，士伐勃林也站在他们中间，我们的眼光相遇了。在我的眼光里，他能够看出我对他轻蔑的表示，他转过身去，显出了真心的仇恨和假装的嘲笑。普加乔夫看见我在民众之中，向我点头示意，要我过去。"听着，"他对我说道，"你立刻就到奥伦堡去，代表我向省长和将军们宣布，让他们恭候我，在一星期后到他们那儿去。你劝告他们，要怀着忠心和服从来迎接我！要不然他们就逃不了严厉的刑罚。一路平安，你老爷！"于是，他又转向民众，指着士伐勃林，说道："他是你们的新的要塞司令，孩子们！你们要服从他的一切命令，他替我负担着保护你们和要塞的责任！"听了这些话，我吓坏了：士伐勃林做了要塞司令，玛丽亚·伊凡诺芙娜落在他手里了！上帝呀！她怎么好呢！普加乔夫走下台阶，马夫牵来了他的马。他不等哥萨克来搀扶他，就敏捷地跨上了马鞍。

就在这当儿，我看见了我的萨威里奇从人丛中出来，走到普加乔夫面前，递给他一张纸。我猜不出那是为的什么。"这是什么？"普加乔夫傲慢地问道。"请读一下，就明白了。"萨威里奇回答道。普加乔夫拿了那张纸，聚精会神地看了半晌。"你为什么写得这么古怪，"他最后说道，"咱们这双雪亮的眼睛竟看不懂，我的秘书长在哪儿？"

一个穿着伍长制服的小伙子敏捷地跑到普加乔夫面前。"大声念出来！"那冒名的皇帝说道，把纸交给了他。我非常愿意知道，我的管教人究竟想出了什么来写给普加乔夫。秘书是一个字一个字地高声读了起来：

"长袍两件，一件粗棉布的，一件柳条绸的，共计六卢布。"

"这是什么意思?"普加乔夫问道，皱起眉头。

"请命令他再念下去。"萨威里奇从容地回答。

秘书长继续着：

绿色细呢军服一件，七卢布。

白色呢裤一条，五卢布。

荷兰布硬袖衬衫十二件，十卢布。

旅行食盒一只连茶具，二卢布半……

"这扯的什么谎呀?"普加乔夫打断他道，"那些旅行食盒和翻边裤子，跟我有什么关系?"

萨威里奇干咳着，说明道："那是，我的老爷子，我主人的失物清单，被强盗……"

"被什么强盗?"普加乔夫狠狠地问道。

"请您原谅，我说错了，"萨威里奇回答道，"强盗尽管不是强盗，可是我们的东西却被您那些孩子们连摸带偷地拿走了。请您不要发怒：马有四只脚，还是要跌倒。请命令他念完吧。"

"念下去!"普加乔夫说道。秘书长继续读着：

细花布被单一条，又绸被一条，四卢布。

红色丝绒面狐皮外套一件，四十卢布。

还有在客店里赏给您的那件兔皮袄，十五卢布。

"这又是什么新花样?"普加乔夫大吼道，闪着他的发光的眼睛。

说实话，在那当儿，我替我那个可怜的管教人吓出了冷汗。他还想再加说明，可是普加乔夫又打断了他。"你怎么敢拿这些小事来麻烦我？"他从秘书长手里夺过那张纸来，摔在萨威里奇脸上，然后大声呵斥道，"老家伙！你应该一辈子替我和我的小子们祷告上帝，因为我们没有把你和你的主子在这儿跟那些叛逆一起绞死……兔皮袄吗？我这就给你兔皮袄！你知道吗？我要命令他们剥你的皮来做皮袄！"

"听您吩咐，"萨威里奇回答道，"但我是仆人，我的主人的财产应该由我负责。"

普加乔夫大概忽然宽宏大量起来了。他转过身子，骑马走了，一句话也没说，士伐勃林和哥萨克首领们跟着他。匪帮井井有条地从要塞出发，民众都去送普加乔夫。只有我和萨威里奇留在广场上，我的管教人拿了他的清单望着，显出深深的惋惜。

看到了我跟普加乔夫的关系不错，他当然想利用一下，可是他的聪明的计划却失败了。我想责备他，因为他这样的忠心太不是时候，可是我禁不住笑了起来。"笑吧，少爷，笑吧！"萨威里奇回答道，"到了我们要重新料理我们的家的时候，你就明白，这是不是好笑了！"

我跑到牧师家里，去见一见玛丽亚·伊凡诺芙娜。牧师太太迎接我并告诉了我不快的消息。她说，夜里玛丽亚·伊凡诺芙娜发起高烧来了。她现在躺着，人事不知，还说着胡话。牧师太太把我领到她的房间，我轻轻地走到她的床边。她憔悴了的容貌使我大吃一惊，她不认识我了。我在她面前站了好久，盖拉辛牧师和他那好心的太太似乎说了些安慰我的话，但我一句也没有听见。凄惨的念头扰乱了我。这个可怜的、没有人保护的、被遗弃在这些凶恶的叛徒之间的孤女的境遇，以及我自己的无力，使我觉得可怕。士伐勃林，想起士伐勃林来使我尤其感到痛心。他既然从冒名的皇帝那里得到了统治要塞的权力，而在他管辖的要塞里又留着这个苦命的姑娘——他所憎恨的无辜的对象，他就可以不顾一切地干出什么来的。我怎么办呢？怎么帮助她呢？怎么救她脱离那个恶棍的手呢？只有一个办法，我决定立刻到奥伦堡去，催他们及早收复白山要塞，我自己要尽力促成这件事。我就向牧师和阿库里娜·潘菲洛芙娜道别，热心地托付他们，照顾这个我已经认她为我的妻的人。我拿起这个可怜的姑娘的手，吻了一下，我的眼泪就洒在上面了。"再会吧。"牧师太太对我说，她送着我，"再会吧，彼得·安得烈伊奇。也许太平以后我们还能相见。不要忘记我们，常常写信来。可怜的玛丽亚·伊凡诺芙娜现在除了你，就没有一个安慰她、保护她的人了。"

走到广场上，我停了一会，望着绞架，我向它鞠了一躬，就离开要塞，走上了到奥伦堡去的大路。萨威里奇伴着我，紧紧地跟在后面。

我一步一步走去，深深地思索着，忽然听到了后面有马蹄声。我向后一望，看到了一个哥萨克从要塞里向我骑来，牵着一匹巴什基尔马，远远地对我做着手势。我停下了，不久就认出是我们的下士。他骑到了跟前，下了马，把另一匹马的缰绳交给我，说道："老爷！我们的父亲送您一匹马和他自己的皮外套。"（马鞍上缚着一件羊皮外套。）"还有，"下士结结巴巴地说下去道，"他又送您……半卢布……可是我在骑来的路上落掉了，请您宽宏大量地饶恕我。"萨威里奇斜着眼望了他一下，不满地说道："骑来的路上落掉了？你的怀里响着的是什么？无耻的东西！""我的怀里响着的是什么?"下士一点也不着忙地反问他说，"随你说好了，老头子！响着的是马具，并不是半卢布。""好！"我说道，打断了他们的争论，"替我谢谢派你来的那位，落掉的半卢布，如果在回去的路上找着它，就给你买酒喝。""多谢您老爷!"他说道，拉转了马，"我要永远为您祷告上帝！"说着这些话，他骑了回去，一只手按着衣襟，转眼就不见了。

我穿上了那件羊皮外套，跨上马去，让萨威里奇坐在我后面。"你看，少爷，"这老头子说道，"我送给那无赖的请求书并不白费。强盗觉得难为情了。虽然这个巴什基尔的长腿坏马和这件羊皮外套，还不值那个无赖从我们手里抢去的和你自己送他的一半，然而，这时却很有用，从恶狗身上哪怕揪下一撮毛也是好的。"

第十章

围　攻

占领了高山和草地，
他像老鹰似的从山顶俯瞰城市。
他命令在营垒后面建起炮台，
白天藏着炮弹，夜间向城市轰击。

赫拉斯科夫[1]

在奥伦堡附近，我们看见了一群戴脚镣的犯人，剃光了的头，脸上

---

[1] 这里的题词引自赫拉斯科夫的叙事诗《俄罗斯颂》，这诗是纪念一五五二年伊凡雷帝攻下喀山（一直为鞑靼人所占领）而写的。——英译本注

带着刑伤的痕迹[1]。他们在驻防的残疾兵的监视之下，在城外工作着。有些用小车把壕沟里的垃圾运走，有些用锄头挖掘泥土。泥瓦匠在城墙上抬砖，修理着城墙。城门口，哨兵拦住我们，要我们的护照。听到了我们是从白山要塞来的，那位中士立刻领我到将军的住宅去。

我在花园里看见他。他正在查看他的苹果树，秋风已经把树叶刮掉了。由一个老园丁帮忙，他小心地用暖和的谷草包扎树干。他脸上显出了安静、健康和善良的神色。他愉快地接见了我，要我叙述我所目击的恐怖的事变，我对他讲述了一切。这老人注意地听着我，同时剪着枯枝。"可怜的米罗诺夫！"当我讲完了我的悲惨的故事之后，他说道，"他太可怜了！他是个好军官！米罗诺夫太太也是个很好的女人，她多么会腌蘑菇呀！上尉的女儿玛莎怎么样？"我回答说，她留在要塞里，由牧师太太照顾她。"唉，唉，唉！"将军说明道，"那不好，很不好。绝对不能指望强盗还有纪律。这个苦命的姑娘将来可怎么好啊？"我回答说，白山要塞并不远，大概大人会立刻派兵去拯救要塞中被困的居民。将军怀疑地摇着头。"我们再看，我们再看！"他说道，"关于这，我们还有工夫谈。回头请你到我这儿参加茶会。今天我要召集军事会议。你可以给我们报告关于那个无赖普加乔夫以及关于他的军队的真实的消息。现在去休息一下吧！"

我到指定给我的住所去了。萨威里奇已经在那里安排，我焦躁地等候着开会的时间。读者不难想象得到，这次会议既然对于我的命运有那样大的影响，我是不会迟到的。到了规定的钟点，我已经在将军那里了。

我在他那里看到一位本城的官员，记得似乎是关税署长，是一个肥胖、红脸、穿着锦缎长衣的老人。他问起我，他称之为教亲的伊凡·库兹米奇的命运，而且往往不等我说完，就另外提一些问题和教训，这一

---

[1] 俄国古代曾有肉刑，系用钳子在犯人的脸上做出伤痕，使人一看就知道是犯人。

切即使不能证明他是一个战术老手，至少也表现了他的敏捷的机智和天生的聪明。那时候别的赴会者也逐渐到齐了。在他们中间，除了将军本人外，看不到一个军人。当大家坐下了，又给每人倒了一杯茶的时候，将军就清楚地、仔细地报告了这个会议的性质。"现在，各位，"他接着说道，"应当决定，对于那些叛徒，我们必须采取怎样的行动：是攻呢，还是守？这两种行动，无论哪一种都有它的有利的和有害的方面。进攻在迅速剿灭敌人这一点上，比较有更大的希望；可是防守却是更加可靠而且安全……我们就照法定程序发言，那就是说，从最低级的官员开始。准尉先生！"他转向我继续说道，"请说你的意见！"

我站起来，用不多的几句话，叙述了普加乔夫和他的匪帮的情况，于是就很肯定地说，那个冒名的是没有法子抵抗堂堂正正的官军的。

我的意见，那些官员是以显然厌恶的态度听取的。大家以为这是年轻人的轻率和鲁莽，大家谈论起来，我很清楚地听见不知哪一个轻轻地说："乳臭小儿。"将军微笑着对我说："准尉先生！在一切军事会议中，首先发言的大都是赞成进攻的，那已经成了习惯了！现在让我们继续发言。六品官[1]先生！请把您的意见讲给我们听听吧！"

穿着锦缎长衣的小老头子很快地喝下他的第三杯掺了不少甜酒的茶，回答将军道："我的意见是，大人，我们应该既不攻也不守。"

"那么怎样呢？六品官先生！"将军很诧异地问道，"兵法上实在没有别的行动了：不是攻，就是守……"

"大人，请您采用收买的办法。"

"呃—嘿—嘿！你的意见真高明。在兵法上，收买的办法是可以容许的，我们就实行你的提议好了。可以从秘密的经费里支出，七十卢布……甚至于一百卢布，悬赏收买那个无赖的头颅……"

"而且那时候，"那个关税署长打断他道，"假如强盗们不把自己的

---

[1] 沙皇俄国的文官，官阶与上校相当。——原注

统领绑手绑脚地送到我们这儿来，我就是一只吉尔吉斯的绵羊，不是什么六品官。"

"我们还要加以考虑，加以讨论，"将军回答道，"然而无论如何，我们总得采取军事方面的措施。各位，请照法定程序发言吧！"

大家的意见都和我的相反。所有的官员都说什么军队不可靠，成功没有把握，以及需要慎重等等。大家以为更稳当的方法就是以大炮为掩护，躲在坚固的城墙里面，较之到战场上去碰运气要好得多。最后，听取了大家的意见之后，将军敲出了他的烟斗里的烟灰，这样说道：

"亲爱的先生们！我应该告诉你们，我十分赞成准尉先生的意见。因为这意见是以健全的兵法的一切规律为基础的，兵法的规律几乎永远认为攻比守好些。"

他在这里停止了，又给自己装上了一烟斗烟。我的虚荣心获得了胜利，我骄傲地望着那些官员，那时候他们又互相低声说着，显出了不满和不安。

"可是，亲爱的先生们，"他接着说，深深地叹了一口气，同时喷出了一股浓浓的烟，"我却不敢独自负这样重大的责任，因为这是关于女皇陛下、我们的仁慈的女皇所委任给我的各省的安全问题。所以我同意大多数的提议，就是决定最谨慎而且最安全的办法是在城里等候着包围，用我们的炮队和（假如可能的话）突击，打退敌人的进攻。"

这时候，轮着那些官员嘲笑地望着我了。会议散了。我不禁对这位可敬的军人的无力感到遗憾，他竟肯放弃自己的见解，而屈从一些不在行的、没有经验的人的意见。

在这次重要的会议几天以后，我们知道普加乔夫已经履行他的诺言，真向奥伦堡逼近了，我已经从城墙上望见了叛军。看上去，从我所目击的最近一次进攻以来，他们的人数似乎多了十倍。他们也有了炮队，这是普加乔夫从攻陷的小要塞掳来的。我记起那一次会议的决定，就预料到将长期地被困在奥伦堡的城墙里边，愁闷得几乎哭出来。

我不再描写奥伦堡之围[1]了，因为那是历史上的事情，而不是家庭的记事。我只用很少几句话说一说。这一次包围，由于地方当局考虑不周到，使居民大遭损害，他们受尽了饥饿和种种灾难。很容易想象出，在奥伦堡的生活是最忍受不了的。大家颓丧地等候着自己的命运的决定，抱怨着物价贵得实在可怕。居民对飞进他们院子里来的炮弹也习惯了，甚至连普加乔夫的进攻也不能引起很大的好奇心。我几乎厌倦死了。时间一天天地过去。从白山要塞，我连一封信也没有收到过，一切路都断绝了。同玛丽亚·伊凡诺芙娜隔离的生活使我难受，对于她的命运一无所知也使我感到痛苦。我的唯一的消遣是出城突击。承普加乔夫的情，我有了一匹好马，我跟它分享我的不富裕的食物，我每天骑着它出城，跟普加乔夫的骑兵互相射击。在这些接触中，那些吃得饱、喝得足，又有好马骑的强盗常常占了优势，疲弱的城市里的骑兵不能打败他们。我们的饥饿的步兵间或也到城外去，可是很深的雪阻止了他们，不能好好地抵抗四散的骑兵。大炮在城墙上乱响，可是士兵一到了战场上，因为马又瘦又弱，就陷入雪里，不能前进。我们的军事行动就是这样的！看，这样的行动正是奥伦堡的官员所称为慎重和合理的！

有一次，当我们居然赶散了而且追逐着相当大的一队敌人的时候，我骑马赶上了一个落在他的同伴后面的哥萨克。我正要用我的土耳其佩刀砍他，他却突然脱下帽子，喊道："您好，彼得·安得烈伊奇，上帝保佑您！"

我看了看，认出是我们的下士。我说不出的高兴了。"你好，马克西米奇！"我对他说，"离开白山要塞很久了吗？"

"不久，亲爱的彼得·安得烈伊奇，我昨天刚从那儿来。我有一封

---

[1] 普加乔夫的军队包围奥伦堡达六个月之久（从一七七三年十月初起，直到一七七四年三月止）。——原注

信带给您。"

"信在哪儿?"我喊了起来,全身都激动起来了。

"这儿,我带着呢,"马克西米奇答道,伸手到他的怀里去,"我答应帕拉莎,无论如何要把这信带给您。"说着他交给我一张折好的纸,立刻骑马跑了。我将它摊开了,颤抖地读着下面这几行:

> 上帝的意旨使我突然失去父母,我在地球上没有亲人,也没有保护人了。我只好来恳求您,因为我知道您一向希望我幸福,而且您永远肯帮助别人。我祷告上帝保佑这封信无论如何也要到达您手中!马克西米奇答应我把它交给您。帕拉莎也从马克西米奇那里听到,说他常常远远地看见您出来突击,说您完全不保重自己,说您并不想念那个为您含泪祷告上帝的人。我病得很久,我的病好了以后,那个代替我去世的父亲管辖要塞的阿力克舍·伊凡诺维奇[1]就用普加乔夫来威吓,逼迫盖拉辛牧师将我交给他。我现在住在原来的房子里,受人监视,阿力克舍·伊凡诺维奇逼我嫁他。他说他曾经救过我的性命,因为当阿库里娜·潘菲洛芙娜对强盗硬说我是她的侄女的时候,他替我隐瞒了这谎话。可是我是宁死也不愿意做像阿力克舍·伊凡诺维奇这样的人的妻的。他现在待我很残忍,而且威吓着说,如果我不肯回心转意,不肯答应他,他就要把我送到强盗的营里去。他说,那时您的命运就要和丽萨维塔·哈尔洛娃[2]一样。我请求阿力克舍·伊凡诺维奇让我考虑一下,他答应再等三天。如果过三天我还不肯嫁他,那就毫不留情了。亲爱的彼得·安得烈伊奇!只有您一个人是我的保护人,请您来救一救我这

---

[1] 伊凡尼奇的正式的拼法。

[2] 下湖要塞司令的妻。普加乔夫占领了下湖要塞以后,原已饶恕了她的性命,但后来普加乔夫因为亲信们的坚决要求,又将她杀死。普加乔夫的亲信之所以这样要求,是恐怕普加乔夫受她的影响。——原注

个苦命的人。请您恳求将军和各位司令赶快派援军来，如果可能，您自己也来一趟吧。

> 您的最顺从的不幸的孤女
>
> 玛丽亚·米罗诺娃

读完了这信，我几乎发狂了。我马上骑回城去，狠狠地鞭打那匹倒霉的马，飞一样跑去。在路上，我想来想去要拯救那可怜的姑娘，可是我什么办法也想不出来。进了城，我一直就到将军那里去，急急地跑进了他的住宅。

将军正在房里走来走去，吸着他的海泡石制的烟斗。看到了我，他站住了。我的脸色大概使他感到惊讶，他很关怀地问我着急到这里来的原因。"大人，"我对他说，"我把您当作父母一样来恳求您，看在上帝面上，请您不要拒绝我的要求，因为这件事是关系我终身的幸福的。"

"怎么了，我亲爱的？"受了惊的老人这样问我，"我可以给你做什么事呢？你说吧。"

"大人，请您准我带一连兵和五十名哥萨克，让我去收复白山要塞！"

将军注意地望着我，大概以为我是疯了（我实际上也差不多是疯了）。

"怎么能这样？收复白山要塞？"他终于问道。

"我保证您成功，"我满腔热血地回答道，"只要准我到那儿去。"

"不，年轻人，"他摇着头说，"那样远的距离，敌人很容易切断你们和战略基地的联络，很容易完全战胜你们。失了联络就……"

我怕他又要讨论起战术来，很为吃惊，连忙打断了他的话。"米罗诺夫上尉的女儿写信给我，"我说，"她要求帮助，因为士伐勃林逼她嫁给他！"

"真的吗？哦，这个士伐勃林真是一个最大的 Schelm[1]。一旦他落到我手里，我一定命令在二十四小时之内审判他，然后在城墙上把他枪毙！然而现在还必须忍耐一下……"

"忍耐一下！"我不由自主地喊了起来，"可是他就要同玛丽亚·伊凡诺芙娜结婚了！"

"哦！"将军又说道，"那也还不算倒霉，现在她最好还是做士伐勃林的妻：他就能够保护她。等到我们枪毙了他，上帝保佑，她自然能再找到丈夫。漂亮的小寡妇是不会长久不嫁的。我想说的也就是，小寡妇给自己找丈夫要比处女容易得多。"

"我宁愿死！"我疯狂地喊道，"也不愿意把她让给士伐勃林！"

"啊，啊，啊，啊！"那老人说道，"现在我明白了，看起来，你一定是爱上玛丽亚·伊凡诺芙娜了。那么事情又不同了！我的可怜的小伙子！可是我不能给你一连兵和五十名哥萨克。这种远征太不合理了。我不能负这责任。"

我低下头，绝望到极点。突然间，一个念头来到我心里。这是怎样的念头呢，且听下回分解，正如古代的小说家所说的一样。

---

[1] 德语，意思是恶棍、色徒。——原注

第十一章

叛徒的村子

那时候狮子已吃饱了，虽然它生来很凶暴。
"你为什么到我洞里来？"
它和气地问道。

苏玛罗科夫[1]

我离开了将军，连忙回到自己的住所。萨威里奇迎着我，用他的惯常的劝告对我说："我的少爷，你就那么爱和醉鬼强盗挑衅！那是当老爷的干的事吗？一旦有个好歹，那你才不值得呢。如果去打土耳其或者

---

[1] 这里的题词大约是普希金自己写的，因为苏玛罗科夫的作品中并没有这几行诗。——原注

瑞典，倒也罢了。可是现在你同什么人打仗，连说出去都丢人。"

我打断了他的话，问他我还有多少钱。"尽够你用了，"他带着满意的神情回答我，"无论那些无赖怎么翻腾，我到底来得及藏起来。"说了这话，他从衣袋里掏出一个长长的线织的钱袋，里面装满了银钱。"好吧，萨威里奇，"我对他说道，"现在你就给我一半，其余的归你。我要骑马到白山要塞去。"

"亲爱的彼得·安得烈伊奇！"我这位好管教人用颤抖的声音说，"请你敬畏上帝好了！现在各处的道路都被强盗截断了，你又怎么能上路呢？即使你不可怜自己，那么至少你也得可怜可怜你的父母呀。你往哪儿走？为了什么？稍微等一下，大军开来了，把无赖一个个都逮捕起来，那时候你随便到哪儿去都行。"

但是我的决心却不能动摇。"现在说这个已经晚了，"我对这个老头子说，"我必须去，我不能不走。你不要难过，萨威里奇！上帝是仁慈的，也许我俩还有见面的一天！你记着，你不必觉得良心上过不去，不必舍不得花钱。你将来用得着什么就买什么，哪怕是很贵的。这些钱我都送给你了，假如三天之后我不回来⋯⋯"

"你这是怎么了，少爷？"萨威里奇不等我说完就说道，"你还想让我放你一个人走！你连做梦也不要想。既然你决定要走，那我就跟着你，哪怕是步行，也决不离开你。你还想让我离开你，独自坐在坚固的城里吗？我难道发疯了！你爱怎么办就怎么办，少爷，我是不离开你的。"

我知道，同萨威里奇辩论是没有用的，所以就答应他去作出发的准备。半小时之后，我已经骑上了我的好马，萨威里奇也骑上了一匹又瘦又瘸的老马，这是一个城里的居民因为养不起它才白送他的。我们骑到城门口，哨兵放了我们，我们就离开了奥伦堡。

快要黄昏了。我的路要经过伯尔达村——普加乔夫驻地——的旁边。大路已经被雪盖住了，可是在荒原中，到处看得出天天走过的马蹄印。我放马大步地奔去。萨威里奇很勉强地远远跟着我，时时刻刻地喊着说："慢一点，少爷，看在上帝面上，慢一点！我这匹该死的老马赶不上你那匹长腿的野兽。干吗这样急呀！去吃酒倒也罢了，其实是去找刀背吃，眼看就要……彼得·安得烈伊奇……亲爱的彼得·安得烈伊奇！别折磨我了！上帝呀，小主人要毁了！"

不久，看见了伯尔达的灯光了。我们骑到了峡谷——这个村子的天然屏障。萨威里奇还望得见我，他不停地向我诉苦。我正希望幸运地绕过这个村子，忽然间，在黑暗之中，我看见对面出现了五个拿木棍的乡下人，那是普加乔夫驻地的前哨。他们向我们叫喊，我不知道口令，所以只想一声不响地过去。可是他们立刻围住了我，其中一个抓住了我的马缰绳。我拔出我的佩刀，砍在那人头上。他的帽子救了他，然而他还是站不稳了，放下了他手里的马缰绳。其余的也发慌了，都跑到旁边。我利用了这一会儿工夫，踢着我的马，又向前跑去。

逐渐黑下来的夜晚，本来是能够将我从一切危险中救出来的，可是我忽然向后面一看，却发现萨威里奇并没有跟着我。那个可怜的老人骑着他的瘸马，没有能够逃出那些强盗的手。怎么办呢？等了他几分钟，我断定他一定被抓了去了，我又骑回去救他。

来到峡谷附近的时候，我很远就听到喧哗、叫喊，还有我的萨威里奇的声音。我催马快跑，立刻又到了几分钟前阻挡我的那几个守卫的乡下人那里了。萨威里奇在他们中间。他们已经把这老人从老马上拖下，正要把他绑起来。他们看见了我，高兴极了，叫喊着向我扑来，一瞬间就把我拉下了马。其中一个显然是他们的头目，对我们说立刻带我们到皇帝那里去。他又说道："怎样吩咐随皇帝老子的便，现在就绞死你们呢，还是等到天亮。"我没有反抗，萨威里奇也学着我的样，那些卫兵凯旋地把我们带走了。

我们越过了峡谷，进了村子。家家草房里都点上了灯，到处听到喧哗、叫喊。我在街上遇见了许多人，可是在黑暗中没有人注意我们，没有人认出我是奥伦堡的军官。他们把我们一直领到坐落在十字路拐角处的一所草房里。大门边放着几个酒桶和两尊大炮。"这是皇宫！"有一个乡下人说道，"我立刻给你们通报上去！"他走进了屋子。我望了萨威里奇一眼，这个老人正在胸前画着十字，默默地祷告着。我等了好久，终于那个乡下人转来了，对我说："来，我们的父亲命令把军官带进去。"

　　我走进了那间乡下屋子，或者是这些乡下人所称的皇宫。屋子里很明亮，点着两支油烛，墙上糊着金纸，然而凳子、桌子、挂在绳子上的洗脸罐、钉子上的手巾、屋角里的锅架，以及放满瓶子、罐子的很宽的炉台，这一切却都像在普通的乡下屋子里一样。普加乔夫很严肃地坐在圣像下面，穿着红长袍，戴着高帽子，手撑着腰。他旁边站着几个他的主要的伙伴，装着恭顺的样子。来了一个奥伦堡军官的消息，显然在那些叛徒之间引起了极大的好奇心，他们是准备大张声势地来迎接我的。普加乔夫一眼就认出了我，他那种假装的神气立刻消灭了。"哈，你老爷！"他很高兴地向我说，"你好吗？上帝为什么带了你来？"我回答说，我是为了私事骑马经过，他的人把我拦住了。"可是为了什么事呢？"他问我道。我不知道怎么回答。普加乔夫以为我不愿意当着旁人说，就转身向他的伙伴，命令他们出去。大家都听从了他的话，只有两个人仍然一动不动。"请你大胆地当着他们的面说吧，"普加乔夫对我说道，"我什么也不瞒他们。"我斜着眼瞧了一下那个冒名者的亲信们。一个是瘦弱、伛偻的老人，长着白胡子，除了灰色长袍外面一条从肩上斜垂的宝蓝绶带以外，没有什么令人注意的地方。可是我在一生中却永远忘不了他另一个同伴。他是一个身材很高、肥大、宽肩膀的人，我看他大约有四十五岁，浓浓的黄赤色胡子，发亮的灰色眼睛，没有鼻孔的鼻子，额上和颊上都有微红的斑点，使他的宽大的麻脸有一种难以描写的表情。他穿着红衬衫、吉尔吉斯的长衣和哥萨克的灯笼裤。第一个（我后来才知道的）是逃走的伍长别洛波罗道夫[1]，第二个是阿法那西·索柯洛夫[2]（绰号赫洛普沙[3]），从西伯利亚矿山脱逃了三次的流刑犯。尽管我心里非常激动，这个我偶然来到的场合，还是深深引起了我的幻想。可是普加乔夫重新用他的问题提醒了我："告诉我，你为了什么事离开奥伦堡的？"

我的头脑里飘过了一种奇怪的念头。我觉得天意第二次领我到普加乔夫这里来，实在是给了我实现我的愿望的机会。我决定要利用这个机会，可是，我还没有来得及把自己所下的决心仔细地考虑一下，我就立刻回答普加乔夫说：

"我要到白山要塞去，救一个孤女，有人在那儿欺侮她。"

普加乔夫的眼睛闪着光。"我的人有谁敢欺侮孤女呢？"他喊道，"不管他多么聪明，总逃不出我的审判。你说，那个犯人是谁？"

"那是士伐勃林，"我回答道，"他拘禁的就是你在牧师家里见过的那个生病的姑娘，他要强迫她嫁给他。"

"我要教训教训士伐勃林，"普加乔夫严厉地说道，"让他知道，我怎样对付任意胡行和欺侮人民的人。我要绞死他。"

"请允许我说一句话，"赫洛普沙沙哑地说道，"你急急忙忙地派士伐勃林做要塞司令，现在你又急急忙忙地要绞死他。你给了哥萨克一个贵族首领，已经使他们受了委屈。现在一听见逸言，就要杀死贵族，不要把贵族们吓坏了吧。"

"贵族无须可怜，也不值得同情，"佩着宝蓝绶带的老人说道，"绞死士伐勃林也没什么害处，不过好好审问一下这位军官老爷倒也不坏。他到底为什么来的。假如他不承认你是皇帝，那他又何必来求你的公断；假如他承认，那又为什么直到今天为止他还跟你的敌人一起住在奥

---

[1] 普加乔夫最亲信的助手之一，出身于乌拉尔的农奴工人。——原注
[2] 普加乔夫军队中最有才干的指挥员之一，他原是农奴。——原注
[3] 意思是爆竹。

伦堡呢？要不要把他送到审讯处，并且点起灯火来。我认为，他老爷是奥伦堡的司令们秘密派来的。"

我觉得这个老强盗说出来的逻辑是相当有理由的。我一想到我现在是落在谁的手里了，不禁觉得一阵冷战透过我的背脊。普加乔夫看出了我的不安的神情。"怎么样，你老爷？"他向我使了一个眼色说，"我的大元帅说的倒像是正经话。你以为怎样？"

普加乔夫的玩笑又给了我勇气。我安静地回答说，我现在是在他的权力之下，他有完全的自由，可以任意处置我。

"好，"普加乔夫说道，"现在你说，你们城里的情形怎样？"

"谢谢上帝，"我回答道，"一切都很好。"

"很好吗？"普加乔夫重复道，"可是老百姓快饿死了！"

这个冒名者说的是真话，可是，我为了忠于我的宣誓，就竭力要使他相信，那只是谣言，奥伦堡还有种种足够的粮食。

"你看，"那个老人插嘴说，"他竟敢当面骗你。凡是从奥伦堡逃来的人，个个异口同声说，奥伦堡在闹着饥荒和瘟疫，说那儿他们已经在吃死人肉，就这样还算是造化呢。可是他老爷却说，那儿一切都充足。你既然打算绞死士伐勃林，那就请你在同一个绞架上也绞死这个小伙子，让他们俩都不必嫉妒。"

这个该死的坏老人的话似乎说动了普加乔夫。幸而在这时候，赫洛普沙却表示了反对他的伙伴的意见。"算了吧，瑙米奇[1]，"他对他说道，"你满脑子想着的不是绞就是杀。你算得什么英雄好汉呢？看上去你的灵魂已经不知道在什么地方了。你自己本人已经两眼望着坟墓，却偏要去害别人。难道你的良心上的血债还不够吗？"

"你怎么就那么会讨人喜欢？"别洛波罗道夫反驳他说，"你的慈悲心又是从哪儿来的？"

---

[1] 别洛波罗道夫的父名。称呼老年人常常只用他们的父名。

"当然，"赫洛普沙回答说，"我也犯了罪，而且这一只手（他握紧拳头，卷起袖子，露出毛茸茸的胳膊）也犯过罪，流了基督教徒的血。可是我弄死的是敌人，并不是客人。我杀人，是在黑暗的森林里，或是大路上，并不在家里，坐在火炉旁边。我杀人，用的是斧子和铁锤，并不是用长舌妇的谗言。"

那老人转过身子，嘟囔着："这个破鼻孔！"

"你叽咕些什么，老家伙？"赫洛普沙喊道，"我要给你看一看破鼻孔。等着，你也会有那一天的，上帝会叫你也尝一尝那火热的钳子的……可是现在你得小心点，不要让我来拔掉你的胡子！"

"我的将军们！"普加乔夫严肃地说道，"不要吵闹了。即使奥伦堡那些狗全体都在绞架下踢着腿，那也没有什么不好。可是我们的狗如果争起来，那才糟糕呢。好，好，讲和了吧。"

赫洛普沙和别洛波罗道夫一句话也不说，只恶狠狠地面对面望着。我看出必须改换话题，因为这样谈下去，会对我大大不利的，于是我含笑对普加乔夫说道："嗨！我几乎忘记了谢谢你的马和皮袄了。没有你，我就进不了城，一定要在路上冻死的。"

我那机灵的手段奏了效，普加乔夫兴高采烈起来了。"做好事有好报应，"他眨一眨眼，又眯缝着眼睛说，"现在请你告诉我，士伐勃林欺侮的那个姑娘，同你有什么关系？是不是小伙子心上也有了爱情了？嗯？"

"她是我的未婚妻。"我回答普加乔夫道，看到空气好转，以为不必隐瞒真相了。

"你的未婚妻？"普加乔夫喊道，"可是为什么你以前不说呢？来，我们就让你们结婚，我们还要在你们结婚的时候大喝一顿呢！"然后他转向别洛波罗道夫："听着，大元帅！我同这个贵人是老朋友。现在让我们坐下吃晚饭吧！早晨总比晚上聪明。明天看一看，我们怎样替他办吧。"

我真想谢绝他这邀请，可是一点办法也没有。两个年轻的哥萨克姑娘，这一家主人的女儿，用白桌布铺了桌子，拿来面包、鱼汤、几瓶葡萄酒和啤酒，我就第二次跟普加乔夫和他的可怕的伙伴们一起进餐了。

我迫不得已而参加的这狂欢的宴会，一直继续到深夜。最后，同席的人都喝醉了。普加乔夫坐在自己的位子上打起盹来。他的伙伴都站了起来，向我示意，要我离开他，我跟他们一起走出屋子。遵照赫洛普沙的命令，卫兵把我领到审讯处的屋子里，我在那里看见了萨威里奇，他们就把我们两人锁在里面过夜。我的管教人因为他遇到的一切诡异极了，他简直一句话也不来问我。他在黑暗中躺下，唉声叹气了好半天，最后他打鼾了。我一直沉入胡思乱想之中，整夜里一会儿也睡不着。

早晨，有人来说普加乔夫喊我去。我到了他那里。大门口停着一辆驾着三匹鞑靼马的暖篷雪橇。街上也聚集了一大堆人。我在门洞里遇见普加乔夫，他穿着旅行用的皮外套，戴着吉尔吉斯帽子。他那些昨天晚上的伙伴都围在他身边，可是今天他们显出了恭顺的样子，跟我昨天晚上看到的完全相反。普加乔夫快乐地向我道了早安，就叫我跟他一起坐进雪橇。

我们上了雪橇。"到白山要塞去。"普加乔夫向那个站着赶车的宽肩膀的鞑靼人说道。我的心强烈地跳了起来。马跨着大步，铃子叮当响着，雪橇飞快地向前走去……

"停一下，停一下！"听到了一个我很熟悉的声音，我看到了萨威里奇，他正迎面向我们跑来。普加乔夫命令车夫停下。"亲爱的彼得·安得烈伊奇！"我的管教人喊道，"不要把我这老头子抛弃在这群强……""哈，老东西！"普加乔夫对他说道，"上帝又使我们相会了。好，坐在驾车的座位上吧！"

"谢谢，陛下，谢谢，我的父亲！"萨威里奇说着，爬了上来，"上帝保佑你活一百岁，为了你连我这个老人也照顾了，也安慰了。我要永远为你祷告上帝，我再也不提那件兔皮袄了。"

那件兔皮袄很可能惹得普加乔夫认真地大怒起来，幸亏这个冒名者或者是不曾听见，或者是故意不理这不合适的暗示。马跑起来了，街上的人都站住了，深深地弯腰向他敬礼。普加乔夫向左右两边点头。过一会儿我们就离开了村子，在光滑的大路上飞驰而去。

我那时的感觉是容易想象得到的。几小时之后，我就要看到我已经以为失去了的姑娘了。我幻想着我们相会的时刻……我也想到我的命运由他掌握而因为机缘凑巧又与他有了莫名其妙的联系的这个人。我想起了这个人虽然自告奋勇去拯救我的爱人，却是一个粗暴残忍和杀人成性的人！普加乔夫还不知道她就是米罗诺夫上尉的女儿，可是士伐勃林一怒，就会向他揭发一切：普加乔夫也可能从别的方面知道真相的……那时候，玛丽亚·伊凡诺芙娜又将怎样呢？一阵寒噤通过我的全身，我的头发也竖起来了……

普加乔夫突然打断了我的沉思，转过来向我问道：

"想什么呢，老爷？"

"怎么能不想呢？"我回答他，"我是军官又是贵族，昨天我还对你作战，今天我却坐在你的雪橇里，而且我一生的幸福也全靠你了。"

"怎么样？"普加乔夫问道，"你怕吗？"

我回答说，我既然承蒙他赦免过一次，我现在不但希望他的宽恕，而且也希望他的帮助。

"你对了！上帝知道，你说得真对！"这冒名者说道，"你看见了吗？我的伙伴们都歧视你；那个老头子今天早上还坚持说，你是奸细，应该拷问你，把你绞死。可是我不答应，"他用很低的声音说下去，以免萨威里奇和那个鞑靼人听到，"因为我只记得你的一杯酒和兔皮袄。你可以看得出，我并不是像你们那边的人所描画的那样一个杀人凶手呢。"

我立刻记起了白山要塞的攻陷，可是我以为不必反驳他的话，所以一句也没有回答。

"在奥伦堡，他们怎样议论我呢？"普加乔夫沉默了一会儿之后问道。

"他们说，不大容易对付你。没有什么可说的，你已经大显身手了。"

这冒名者显出了很满意的自尊的态度。"是啊！"他带着很高兴的样子说，"我别提多会打仗了。在奥伦堡，他们知道尤泽耶伐[1]附近的战事吗？打死了四十个将军，俘虏了四支军队。你以为怎样，普鲁士王能够和我较量一下吗？"

这强盗的夸口似乎可笑。"你自己以为怎样呢？"我问他道，"你能够打败腓特烈[2]吗？"

"打败费陀尔·费陀洛维奇[3]吗？那怎么不能？我已经打败了你们的将军们，他们却打败过他不止一次呢。到现在为止，我的军队总是常胜军。等着瞧吧，我还会打到莫斯科呢。"

"你想攻打莫斯科吗？"

这冒名者想了一会儿，低声说道：

"天晓得，我的路很窄，我不十分自由，我的人都自作聪明，他们是强盗。我得时时警惕才行。只要失败了一次，他们就会拿我的脑袋去赎自己的脖子。"

"正对，正对，"我对普加乔夫说，"好不好你自己早点离开他们，去央告女皇赦免？"

普加乔夫苦笑了一声。"不，"他回答说，"我懊悔已经晚了。不会赦免我的。我要有始有终地干下去。谁知道呢？我或许会成功。格利士卡·奥特列皮耶夫不也在莫斯科当过一阵皇上吗？"

---

[1] 距离奥伦堡一百二十维尔斯塔的村庄，一七七三年普加乔夫的军队在这个村庄附近击溃了政府派去援救奥伦堡的军队。——原注
[2] 指普鲁士国王腓特烈二世（一七一二—一七八六），又称腓特烈大帝，他是腓特烈·威康一世的儿子。俄国军队曾在一七六〇年打败他，攻占柏林。——英译本注
[3] "腓特烈之子腓特烈"的俄国化的说法。

"可是你也知道他的结果怎样吗？人们把他抛出窗外，杀了头，烧了尸首，还用他的骨灰装进大炮放出去！"

"听着！"普加乔夫带着一种奇怪的兴奋的神情说道，"我讲一个故事你听听，这是我小时候从一个喀尔美克老太婆那里听来的。有一次，老鹰问乌鸦：'请你告诉我，乌鸦，为什么你在世界上活三百年，我只活三十三年呢？'——'亲爱的，这是因为，'乌鸦回答道，'你喝鲜血，我却只吃死尸！'老鹰想了一想：让我也吃一下这种东西看。好。老鹰和乌鸦一起飞走了。喏，它们看见了一匹死马，就飞下来，停在马尸上面。乌鸦一边吃，一边赞美。老鹰啄了一口，又啄了一口，抖一抖翅膀对乌鸦说道：'不，乌鸦老弟，与其吃死尸活三百年，不如痛痛快快地喝一次鲜血，以后就听天由命！'这个喀尔美克故事怎么样？"

"很聪明，"我回答道，"可是，我以为，杀人和掠夺的生活正是等于吃死尸。"

普加乔夫惊异地望了我一眼，什么也不回答。我们两人都静下来，各人都想着自己的心事。那个鞑靼人拖长了声音唱着悲哀的歌，萨威里奇坐着打瞌睡，在驾车的座位上摇晃着。雪橇在光滑的冬天的路上飞快地跑着……突然，我看见了雅伊克河陡岸上的一个小村子，还有城栅和钟楼，再过了一刻钟，我们进了白山要塞。

第十二章

孤　女

　　像我们的小苹果树，
　　没有树枝，也没有树顶；
　　我们的小郡主，
　　没有父亲，也没有母亲。
　　没有谁来打扮她，
　　也没有谁来祝福她。

结婚歌

　　雪橇在司令的住宅的阶前停下。人们听出普加乔夫的铃声，成群结队地在我们后面跑着。士伐勃林在台阶上迎接这个冒名者。他穿得像哥萨克一样，也留起胡子来了。这个叛徒扶普加乔夫下了雪橇，用极其卑微的话表示他的愉快和忠诚。看见了我，他有一点仓皇失措，可是立刻定了神，向我伸出手来，说道："你也是我们的人了，你早就应该这样。"我转过身去，什么也没有回答。

当我走进这个早已熟悉的房间的时候，我的心痛了。墙上还挂着已故的要塞司令的军官证书，好像过去事件的悲哀的墓志铭。普加乔夫坐的那个沙发，正是从前伊凡·库兹米奇常常打盹的地方，他的太太絮絮叨叨地数落着给他催眠。士伐勃林亲自端给他伏特加。普加乔夫喝了一小杯，指着我说道："你款待款待他老爷吧！"士伐勃林就端着盘子走到我跟前，可是我第二次又转过身去。他慌乱得不知道怎样才好。他本来是一个机灵的人，当然猜透了普加乔夫对他不满意。他提心吊胆地站在普加乔夫面前，又用怀疑的眼光望着我。普加乔夫问起要塞的情形、敌人的消息等等。忽然，他出乎意外地问他道："请你告诉我，兄弟，你在这儿拘留着一个什么样的姑娘？让我看一看她。"

士伐勃林的脸色顿时苍白得像死人一样。"陛下，"他用颤抖的声音说道，"陛下，她并没有受拘留，她病了……她躺在楼上的房间里。"

"领我到她那儿去。"那个冒名者起身说道。这是无法推托的。士伐勃林只好领了普加乔夫到玛丽亚·伊凡诺芙娜的楼上的房间里去。我跟在他们后面。

士伐勃林在扶梯上站住了。"陛下，"他说道，"您当然可以随便命令我，不过请您不要让旁人也走进我的妻的卧房里去。"

我气得身上有点哆嗦。"那么说，你已经结婚了！"我对士伐勃林说，真想把他撕成两半。

"不要响！"普加乔夫打断了我的话，"那是我的事。可是你，"他又转向士伐勃林，"她是你的妻也好，不是你的妻也好，你不要自作聪明，也不要装模作样了，我要带谁到她那儿，就带谁。你老爷，请跟我来！"

在房门口，士伐勃林又站住了，断断续续地说道："陛下，我请您留意，她生着很厉害的热病，而且不停地说着胡话，已经整整三天了。"

"打开门来！"普加乔夫说道。

士伐勃林摸了一下他的衣袋，说他不曾带着钥匙。普加乔夫用脚一踢，门锁跳开去，门开了，我们走了进去。

我望着，而且呆住了。地板上坐着玛丽亚·伊凡诺芙娜，苍白、瘦弱、披头散发，穿着褴褛的乡下女人的衣服。她面前放着一瓶水，瓶上盖着一片面包。看见了我，她颤抖着，叫了起来。那时我的感觉怎样，我已经记不起了。

普加乔夫望了士伐勃林一眼，带着冷笑说道："你倒有很好的医院！"于是，就走到玛丽亚·伊凡诺芙娜面前，问她道："告诉我，亲爱的姑娘，你的丈夫为什么要责罚你？你有什么对不起他的地方？"

"我的丈夫？"她重复一遍，"他不是我的丈夫。我永不做他的妻！我宁可死，假如没有人来救我，我就一定死。"

普加乔夫严厉地望了士伐勃林一眼。"你敢欺骗我！"他说道，"你知道不知道，无赖，你配干什么？"

士伐勃林跪下了……在那当儿，我的轻蔑比憎恨和愤怒还厉害，我用厌恶的眼光望着这个匍匐在逃亡的哥萨克面前的贵族。普加乔夫变温和了。"我饶你这一次，"他对士伐勃林说道，"可是你要明白，你如果再犯一次，我连这次也不能饶你。"然后，他对玛丽亚·伊凡诺芙娜很慈爱地说道："走吧，美丽的姑娘，我给你自由。我是皇帝。"

玛丽亚·伊凡诺芙娜飞快地望了他一眼，猜到了在她面前的正是那个杀死她父母的凶手。她两手遮脸，晕过去倒在地上。我向她奔去，可是，我的老相识帕拉莎也同时大胆地跑进房间，开始伺候她的小姐。普加乔夫走了出去，我们三个人一齐下楼，到了客厅。

"怎么样，你老爷？"普加乔夫笑着说，"我们救了一个漂亮的姑娘！你看怎么样，好不好去请牧师来，好不好让他给他的侄女证婚？也许，我就做你的主婚父亲，士伐勃林做傧相，我们关上大门，大吃大喝一顿。"我怕什么就偏有什么。士伐勃林一听见普加乔夫的提议，就大怒起来。"陛下！"他疯狂地喊道，"我撒谎，固然对不起您。可是格利涅夫也在骗您。这个姑娘并不是这儿牧师的侄女，她是攻陷要塞时候被绞死的那个伊凡·米罗诺夫的女儿。"

普加乔夫马上用他的闪耀的眼睛盯着我。"这又是怎么一回事呢？"他诧异地问我。

"士伐勃林说得不错！"我用坚定的声音回答道。

"可是你以前不曾对我说！"普加乔夫说道，他的脸沉下去了。

"我请你考虑一下，"我对他说道，"当着你的人来告诉你说米罗诺夫的女儿还活着，那可以吗？他们也许会把她活活绞死，什么法子也救不了她！"

"这也对，"普加乔夫笑着点头，"我的那些酒鬼恐怕真的不会放过这个可怜的姑娘的。那时候牧师太太把他们都骗过去了，也很好。"

"请你听着，"我看到了他的好意，就说下去，"我不知道应该怎么称呼你，而且我也不愿意知道……可是上帝明白，我很情愿用我的生命来报答你为我所做的一切。只求你不要我去做有伤我的光荣和基督教徒良心的事情。你是我的恩人。请你有始有终地做下去：请你放我和那个可怜的孤女去走上帝指给我们的道路……你将来无论走到哪儿，无论有什么事故，我们两个人一定祷告上帝拯救你的有罪的灵魂……"

普加乔夫的严酷的心大概被打动了。"也罢，就照你的话去办！"他说道，"赏就是赏，罚就是罚，这是我的脾气。带了你的美丽的姑娘，爱带她到哪儿就到哪儿，愿上帝保佑你们恩爱和睦！"

当时，他就转身向士伐勃林，命令他即刻给我预备一张通过普加乔夫治下一切岗哨和要塞的通行证。士伐勃林丧气到万分，目瞪口呆地站着。普加乔夫视察要塞去了。士伐勃林伴着他。我留在屋子里，推说我要准备出发了。

我跑到楼上的小房间。门锁起来了，我敲了一下。"谁？"帕拉莎问道。我报了名字。玛丽亚·伊凡诺芙娜的可爱的声音在门后响着："等一等，彼得·安得烈伊奇，我正在换衣服。请你到阿库里娜·潘菲洛芙娜那儿去，我也马上到她那儿去。"

我依了她，就走到盖拉辛牧师的家里。他和他的太太都跑出来迎接我，因为萨威里奇已经通知他们了。"您好，彼得·安得烈伊奇，"牧师太太说道，"上帝保佑，我们又见面了。您好吗？我们天天记起您。可是您不在这儿的时候，玛丽亚·伊凡诺芙娜，我亲爱的，真是吃够苦了！可是请您先说一下，亲爱的，您怎么跟普加乔夫好起来的？他怎么没有弄死您？好了，为这点也得谢谢那强盗。"——"算了吧，老太太，"盖拉辛牧师打断了她的话，"不要都瞎扯出来了。多说有什么好处。亲爱的彼得·安得烈伊奇！请进来，欢迎。我们很久没有见面了！"

牧师太太随便用家里现成的东西款待我，而且嘴里总是不断地说着。她讲给我听，士伐勃林怎样强迫他们交出玛丽亚·伊凡诺芙娜，以及玛丽亚·伊凡诺芙娜怎样哭着不愿意离开他们；玛丽亚·伊凡诺芙娜怎么通过帕拉莎（很机灵的女仆，她能够使那个下士听她的话）和她一直保持着联系；她怎样给玛丽亚·伊凡诺芙娜出主意写信给我；等等。轮到我了，我用不多几句话对她讲述了我经过的事情。听到了普加乔夫知道他们的欺骗的时候，牧师和牧师太太都在胸前画着十字。"十字架的神力和我们在一起！"阿库里娜·潘菲洛芙娜说道，"愿上帝扫掉这块暗云吧。啊，啊，阿力克舍·伊凡尼奇简直是个坏蛋！"就在那当儿，门开了，玛丽亚·伊凡诺芙娜进来了，苍白的脸上露着微笑。她脱去了她的乡下女人的衣服，穿得和以前一样，朴素，然而很美。

我握着她的手，很久说不出一句话来。我俩都因为满怀心事而一言不发。我们的两位主人觉得我们顾不得张罗他们，就都走开了。现在只剩下了我们两个人，面对着面。一切都忘掉了。我们谈着，谈得没结没完。玛丽亚·伊凡诺芙娜叙述了从要塞陷落以来她所遭遇的一切，她对我描写了她处境的悲惨，卑鄙无耻的士伐勃林加在她身上的一切苦难。

我们又记起了以前的幸福的时光……我俩都哭了……最后，我对她说明了我的计划。让她留在这个归普加乔夫统治，又由士伐勃林管理的要塞里是不可能的事情。到那忍受着围城的痛苦的奥伦堡去，也是连想也不能想的。在世界上她没有一个亲人，我向她提议，到我父母那里去。起先她还踌躇不定，因为她所知道的我父亲那种不满意的心情使她惧怕。我又安慰她一番。我知道，收留殉国的光荣军人的女儿，我父亲一定会引为自己的幸福和义务。"亲爱的玛丽亚·伊凡诺芙娜！"最后我说道，"我当你是我的妻了。——意外的机会紧紧地结合了我们，世界上没有什么可以拆散我们。"玛丽亚·伊凡诺芙娜诚恳地听着我，没有一点故意的矜持，也没有一点假意的推托。她觉得，从此她的命运已经同我的结合了。然而她说了又说，要在我们得到了我的父母的同意之后，她才做我的妻，我并不反对。我们热烈地、真心地吻着，我们之间，一切就这样决定了。

　　一小时之后，下士送给我一张通行证，上面有普加乔夫的歪歪斜斜的签名，下士传着普加乔夫的话，要我到他那里去。我看到他的时候，他已经准备出发了。当我跟这个除我以外大家都把他看作恶人、歹徒、强盗的人离别的时候，我说不出我心里有什么样的感觉。为什么不说实话呢？在那当儿，我对他怀着强烈的同情。我热烈地想要一下子把他从他所统率的强盗群中拉出来，趁着还不太迟，救出他的头来。可是士伐勃林和那些拥挤在我们周围的人，使我不能说出充满我心头的一切。

　　我们友好地分了手。普加乔夫在人群中看到了阿库里娜·潘菲洛芙娜，用手指威吓了她一下，意味深长地向她眨一下眼睛，然后他上了雪橇，命令车夫开到伯尔达去。而且，当马已经走动的时候，他又从雪橇里探身出来，对我喊道："再见吧，你老爷！将来也许我们还要相见。"后来我们果然相见了，可是那是在怎样的境况中啊！

　　普加乔夫走了。我向他那三匹马拉的雪橇走过的雪白的荒原望了好久。民众散了，士伐勃林躲开了。我又回到牧师的家里，我们出发的一切准备都做好了，我不愿意再拖下去。我们的全部财物都装在司令的旧车子上了。车夫一瞬间套上了马。玛丽亚·伊凡诺芙娜要去葬在教堂后面的她父母的坟墓道别。我要陪着她，可是她要求让她独自去。过了几分钟，她回来了，默默地流着悲哀的眼泪。车子放在门口，完全准备好了。盖拉辛牧师和他的太太来到了阶前。我们三个人一齐上了车：玛丽亚·伊凡诺芙娜、帕拉莎和我。萨威里奇攀上了驾车的座位。"再会吧，玛丽亚·伊凡诺芙娜，再会，我亲爱的！再会吧，彼得·安得烈伊奇，我们的漂亮小伙子！"好心的牧师太太说道，"一路平安！愿上帝给你俩幸福！"我们走了。在司令的住宅的窗口，我看见了士伐勃林，他的面色露出阴暗的仇恨。我不想在打败了的仇人面前显示威风，就转过眼睛望着另一边。最后，我们终于出了要塞的大门，永远离开白山要塞了。

第十三章

逮　捕

不要生气，老爷：我执行职务，
现在就得送你到监狱去。
——好吧，我愿意，可是我希望准许我再事先说明一下真相！

克涅什宁[1]

今天早晨我还为她操心的那个美丽的姑娘，现在居然和我意外地结合起来了，这连我自己也不能相信，我想象我遇到的一切恰是一个幻梦。玛丽亚·伊凡诺芙娜迟疑地时而看看我，时而看看路，她好像也还没有安心，还没有镇静下来。我们都一声不响。我们的心都劳苦得过分

[1] 这里的题词，虽然托名克涅什宁所作，但其实也是普希金自己写的。——原注

了。过了两个小时，我们来到了仍是普加乔夫治下的最近的要塞，在那里换了马。从套马的迅速，从那位被普加乔夫派做要塞司令的长胡子哥萨克的殷勤看来，我知道，靠了我们的多嘴的车夫，他们都以为我是他们的皇帝的宠臣。

我们又继续前进。黄昏了，我们走近了一座小城。这里，据那个长胡子要塞司令说，有一支不久就要同那个冒名者的大军会师的很强的部队。哨兵拦住了我们。听到了"乘车的是谁？"这句问话，我们的车夫就高声回答道："皇帝的教亲和他的太太。"一队轻骑兵立刻包围了我们，嘴里骂着最难听的话。"出来，鬼教亲！"一个留了胡子的骑兵中士对我说道，"等一等，不久就要让你和你的太太好好地吃点苦头！"

我下了车，要他们领我见他们的长官去。那些兵看到了我的军官制服，就不再骂了。那个骑兵中士领我去见少校。萨威里奇紧跟在我后面，自言自语道："这就看出皇帝的教亲的好处来了！刚躲过一刀，又挨了一枪……上帝呀！这到底怎么办呀？"车子慢慢地在我们后面拖着。

五分钟之后，我们到了一所灯火辉煌的小房子里。那个骑兵中士叫卫兵看着我，去通报了。他立刻转来，对我说，长官现在没有工夫接见我，他命令带我到拘留所去，不过把太太领到他那里去。

"这是什么意思？"我狂怒地喊道，"他不是疯了吗？"

"这个我不知道，老爷，"骑兵中士回答道，"不过我们大老爷命令把你老爷带到拘留所，把那位太太带到我们大老爷那儿，老爷！"

我冲上了台阶。卫兵来不及阻止我，我一直跑进房间，那里有六个轻骑兵军官在玩纸牌。那位少校正在做庄家。当我认出他就是伊凡·伊凡诺维奇·祖林，就是以前在西姆比斯克的旅馆里赢了我的钱的人，我是多么诧异呀！

"可以进来吗？"我喊道，"伊凡·伊凡诺维奇，是你吗？"

"哎呀，彼得·安得烈伊奇！是什么风把你吹来的？你从哪儿来？你好吗？老弟，也来一起玩吧？"

108

"谢谢。最好请你吩咐他们给我一个住处。"

"给做什么住处？你就在我这儿得了。"

"不行，我不是一个人。"

"那么，叫你的同伴一起来。"

"我没有同伴，我同了一位女人……"

"同了女人？你在哪儿弄到她的？嘿，老弟！"（这几句话，祖林意味深长地说着，引得大家都大笑起来，把我弄得很难为情。）

"嗯，好，"祖林接着说道，"就那么办。有你的住处。可是太可惜了……不然我们还可以照旧大吃大喝一顿……嘿，小子们！为什么还不把普加乔夫的女教亲带到这儿来，她在闹别扭吗？你去告诉她，她不必害怕。你就说老爷是再好没有的，一点也不会欺侮她，而且好好地按着脖子，把她推进来吧。"

"你这是说的什么话？"我对祖林说，"什么普加乔夫的女教亲？她是死了的米罗诺夫上尉的女儿，我把她从俘虏中救了出来，现在送她到我父亲住的乡下去，好让她住在那儿。"

"怎么？那么他们刚才来报告我的原来就是你呀！请你原谅！这是怎么回事呢？"

"等一会儿我都要讲给你听。可是现在，为了上帝，让那位可怜的姑娘安静一下，你的轻骑兵已经吓坏她了。"

祖林立刻下了命令。他自己也到了街上，向玛丽亚·伊凡诺夫娜道歉，说这只是一场误会，不是故意的，又立刻命令骑兵中士送她到城里最好的住所去。我就留在他那里过夜。

我们吃完了晚餐，在只剩了我们两个人的时候，我对他讲述了我的惊险的奇遇。祖林很注意地听着我。当我说完了，他摇摇头，说道：

"这一切都很好，老弟，可是只有一件不好：见了什么鬼，你要结婚呢？我是个体面的军官，我不愿意让你上当。你信我一句话，结婚是傻事。你怎么能照顾老婆和哄孩子呢？唉，去它的。听我的话，离开那上尉的女儿吧。到西姆比尔斯克去的道路，我已经肃清了，现在是太太平平的。明天打发她一个人到你父母那儿去，你自己留在我的部队里。你也无须回奥伦堡，如果你再落到叛徒手里，那你就未必能够再从他们那儿脱身了。这样，你那恋爱的呆气自然就过去了，一切也就很好了。"

虽然我不完全同意他，然而我觉得，我的军人的责任要求我留在女皇的军队里服务。我就决意听祖林的劝告：让玛丽亚·伊凡诺芙娜独自到我们乡下去，而我就留在他的部队里。

萨威里奇来给我脱衣服。我对他说，明天要他准备同玛丽亚·伊凡诺芙娜上路。起先他坚持着不愿意："你这是为什么，少爷？我怎么能离开你？谁来伺候你？你父母将来会怎么说？"

我知道我的管教人的固执，就只能用和蔼而诚恳的话来说服他。"你是我的老朋友，阿尔希普·萨威里奇，"我对他说，"你不要推辞了，对我行点儿好吧。在这儿我不需要人伺候，可是玛丽亚·伊凡诺芙娜没有你照应着上路，我就要担心。伺候她，也就是伺候我，因为我已经决定，一到环境许可的时候，就立刻同她结婚了。"

这时候萨威里奇却把手一拍，显着惊奇得说不出的样子。"结婚！"他重说了一遍，"小孩子就想结婚了！可是父亲要怎么说，母亲要怎么想呀？"

"等他们知道玛丽亚·伊凡诺芙娜的为人的时候，"我回答说，"他们就会同意的，一定会同意的，同时我还指望着你呢。我的父母很信任你，你要替我们多多地说情，不是这样吗？"

这老人很感动了。"唉，我亲爱的彼得·安得烈伊奇！"他说道，"你想结婚，虽然还早一点，可是玛丽亚·伊凡诺芙娜实在是个好姑娘，错过了这机会，也正是罪过。也罢，就照你的话办！我送她这个仙女一样的姑娘去，我要婉转地向你父母禀告，说这样的好媳妇是不需要嫁妆的。"

我谢了萨威里奇，就跟祖林同房间睡了。我因为激动得很，就大谈特谈起来。祖林起先很高兴地和我谈着，可是渐渐地，他的话少了起来，语气也不连接了，终于他发出了打呼噜的声音，代替对我的回答。于是我也静下来，不久就学他的样了。

第二天早晨，我走到玛丽亚·伊凡诺芙娜那里。我告诉了她我的计划，她以为这很有道理，立刻同意了。祖林的部队也要在同一天离开这小城，不能再耽误了。我立刻和玛丽亚·伊凡诺芙娜道别，把她托付给萨威里奇，又请她带去一封给我父母的信。玛丽亚·伊凡诺芙娜哭了，"再见，彼得·安得烈伊奇！"她低声说道，"我们能不能再见，只有上帝知道。可是我一辈子也忘不了你，到死为止，我心里只有你一个人！"我什么也答不出来。人们围着我们，我不愿意在他们面前显出激动的情感来，最后她启程走了。我回到祖林那里，悲哀而且沉默，他要使我快乐，我也想让心情松散一下，所以那一天我们过得又高兴又热闹，晚上，我们的部队就出发了。

那是二月底的事，给作战增加困难的冬天已经完了，我们的将军们准备采取一致行动。普加乔夫依然在奥伦堡附近。可是，那时候我们的各个部队却在奥伦堡附近会师了，从四面八方逼近那强盗的巢穴。暴动的各个村子一见我们的军队，就立刻归顺，各个匪帮到处逃避我们，这一切都是迅速地、顺利地结束战事的预兆。

不久，果里岑公爵在塔齐舍瓦要塞附近击溃了普加乔夫，驱散了他那一群一群的匪徒，解了奥伦堡之围，表面上看起来，这已经给了暴动一个最后的、彻底的打击。当时，祖林奉命抵挡叛变的巴什基尔匪帮，可是没有等到我们看见他们的时候，他们就逃散了。春天把我们围困在一个鞑靼的小村子里，河流都泛滥了，道路不能通过。我们在无所事事的时候引以自慰地只是想着早早结束这个对暴徒和野蛮人的枯燥无聊的战争。

然而普加乔夫还不曾被擒。他又在西伯利亚的工厂出现了，在那里他召集新的匪帮，又开始了他的游击。他的胜利的流言又重新散播着，我们听说西伯利亚各要塞的被蹂躏，不久又传来了喀山陷落和普加乔夫进犯莫斯科的消息，于是那些醉生梦死的、妄想可鄙的匪徒已经被击溃的军事长官们都大起恐慌。祖林接到了横渡伏尔加河的命令。[1]

我不再描写我们的进军和战事的结束。我只简单说一说，灾难已经达到了极点，我们经过了叛徒洗劫过的村落，灾民仅仅保留下来的东西又不得不被我们夺去。各地的行政都停顿了：地主都躲在森林里，匪帮到处横行，各部队长官都任意赏罚，这遍地烽火的广大边区的景象，真可怕极了……愿上帝保佑你，不让你看到这俄国的暴动——既无意识又残酷的暴动。

普加乔夫被伊凡·伊凡诺维奇·米赫里孙[2]追得直跑，不久我们得到了已经将他彻底击溃的消息。最后祖林接到了这冒名者已被捕获的通知，以及停止军事行动的命令，战争结束了。我终于能够到我的父母那里去了！想到拥抱他们，想到看见一点消息也没有的玛丽亚·伊凡诺芙娜，不禁使我欢喜得发狂了。我像小孩子一样快乐地跳着。祖林微笑着，耸一耸肩膀说道："不，你要倒霉！你一结了婚，就要莫名其妙地毁了！"

然而有一种奇怪的情感抑住了我的欢乐。想到那个浑身溅满这么许多无辜牺牲者的鲜血的恶人，又想到他就要受到的斩刑，不由得使我惊惧不安："叶美梁啊，叶美梁啊！"我悲痛地想着，"你为什么没有碰在刺刀尖上或是被子弹打穿了呢？那原是你能够替自己想出的最好的办法呀。"我应该怎么办呢？只要一想到他，我心里立刻联想到他曾经在我一生中最可怕的时刻照应过我，他又曾经从卑鄙的士伐勃林手里拯救过我的未婚妻。

---

[1] 在这下面原有"略去的一章"，是普希金自己抽掉的，只保存在原稿的第一次草稿中。——英译本注（译者按："略去的一章"已作为附录，印入本书。）

[2] 普加乔夫起义的主要的和最残酷的镇压者之一。一七七四年八月，普加乔夫从喀山退却后，他立刻进行追击。在离察里津不远的地方彻底击溃了普加乔夫。——原注

祖林准了我的假。几天之后，我就可以看见我的一家，看见我的玛丽亚·伊凡诺芙娜了……忽然，出乎意料的不幸却打中了我。

就在我决定出发的那一天，就在我要上路的那一瞬间，祖林走进了我的住所，手里拿着一张纸，脸上显得非常焦虑，似乎有什么刺了我的心一下。我觉得恐怖，连自己也不知道为了什么。他叫我的勤务兵出去，就说有一件关于我的事情。"什么事呢？"我不安地问道。"一件不愉快的小事，"他回答道，给了我那张纸，"读一下，我刚才接到的。"我开始读着，那是发给各部队长官的一件密令，说是无论我在哪里，都要逮捕起来，并且立刻押送到喀山，交给普加乔夫案件审查委员会。

那张纸几乎要从我的手里落下了。"没有办法了！"祖林说道，"我的责任是服从命令。关于你同普加乔夫很友好地做了一次旅行这消息，大概是传到政府耳朵里了。我希望这个案件就会撤销，而且你能够在委员会里洗刷得干干净净。不要烦恼，动身走吧！"我的良心是纯洁的：我不怕审判，可是一想到甜蜜的会晤又要拖延下去，也许还要拖延好几个月，这使我感到可怕。车子已经准备好了，祖林友好地和我道别。我上了车，我身边坐着两个拿了出鞘的佩刀的轻骑兵。我们就沿着大路去了。

第十四章

审　判

世上的流言——
海上的波澜。

谚语

我深信，我的过失只是不该擅自离开奥伦堡。这样，我就很容易替自己洗刷干净。因为单骑袭击不但向来不禁止，而且还是予以支持的。我的罪名只能是过分的轻率鲁莽，而不是违抗命令。不过我和普加乔夫的友谊，可能有许多人作证，至少有极大的嫌疑。一路上我尽在思索将来对我的审讯，我周密地斟酌了自己的答复，决意在法官面前说明真实的情况，我以为这样的辩护方法是最简单而又最可靠的。

我到了已经荒凉而且烧毁了的喀山，街上没有房子了，只有一堆堆的焦炭，其中耸立着没有屋顶和窗户的熏黑的墙壁。这正是普加乔夫留下的遗迹！他们把我送到烧掉的城市中央，还没被毁了的一处要塞。轻骑兵将我交给值班守卫的军官。他命令叫铁匠来，在我的脚上钉上了脚镣，而且钉得很紧。后来，他们领我到监狱里，就让我独自留在狭小而黑暗的房间里，只有光秃秃的墙壁和带有铁栅的小窗。

这样的开始，在我看来，是很不好的预兆。可是我并没有失去勇气，也没有失去希望。我应用了人们在悲哀时候的自慰方法，我在一生中第一次领略了虽是纯洁却已破碎的心灵中吐露出来的祈祷的甜味，这样，我就静静地睡去，毫不介意将来的一切了。

第二天早晨，狱卒叫醒了我，并且说，他们叫我到委员会去。两个兵领了我走过院子，到了长官的屋子。他们就在前室停下，让我独自到里面的房子去。

我走进一间相当宽敞的大厅。在铺满纸张的桌子边，坐着两个人：一位中年的将军，有着严厉的、冷酷的外貌；还有一位年轻的近卫军上尉，大约有二十八岁，他的外表很好看，举止又随便又活泼。在小窗边，另外一张桌子前面，坐着一个在耳朵上夹着鹅毛管笔的录事。他伏在纸张上，准备记录我的口供。审讯开始了。他们问我的姓名和职衔。那位将军问我是不是安得烈·彼得罗维奇·格利涅夫的儿子？得到了我的肯定的答复之后，他很严厉地说道："真可惜，那么可敬的人有了这么卑鄙的儿子！"我静静地回答说，无论控诉我什么罪名，我都希望用老老实实的供词来洗刷它。我这种自信使那位将军不高兴了。"你，老弟，真聪明，"他皱着眉头对我说，"可是我们还见过比你聪明的人呢。"

这时，那位年轻的军官转过身来问我：什么时候以及由于什么机会，我到普加乔夫那里去服务，并且我受普加乔夫的利用进行过什么活动？

我愤愤地回答说，我是军官和贵族，无论如何不能给普加乔夫服务，也不能接受他的任何委任。

"那么为什么，"我的审讯官反驳说，"只有这一个军官和贵族被那冒名者饶恕，而他的同事却全体被残杀了呢？为什么只有这一个军官和贵族可以和叛徒们一起宴会，又接受主犯的礼物——皮袄、马匹和半卢布钱呢？为什么有这样的友谊？这友谊如果不是出于反叛，或者至少是极其下流的怯懦，那么还能出于什么呢？"

我被那个近卫军军官的话深深地侮辱了，就热烈地开始辩白我的无罪。我讲述了，我怎样在暴风雪的时候在荒原里和普加乔夫初次相识，后来他怎样在侵入白山要塞的时候，认出我而赦免了我。我说明了，我的确没有拒绝接受冒名者送给我的马和外套，可是我保卫了白山要塞，抵抗了那些强盗，一直到最后关头。最后，我也提到我的将军，说他能够证明当奥伦堡被围时我的忠心。

那外貌严厉的老人从桌子上拿了一封信，高声读起来：

"承贵大人函询有关少尉格利涅夫行止，似曾参加此次叛乱，与叛逆勾结，实属抵触军法，违背誓言。谨说明如下：少尉格利涅夫在奥伦堡供职，系自一七七三年十月初至本年二月二十四日止，该少尉于该日离城后，即未再返此间服务。据降匪传称，彼曾至村中普加乔夫处，并伴同普加乔夫前往以前供职之白山要塞。至该少尉之行为，则可……"他就在此地中断了他的诵读，对我严厉地说道："现在，你还有什么替自己辩护的呢？"

我正想继续我起先的声明，跟刚才一样坦白地说明我和玛丽亚·伊凡诺芙娜的爱情，以及其他的事情。可是我忽然感到一种不胜厌恶的心情。我想到，假如我一说她的名字，委员会就会要求，也将她审问，把她的名字混入那些恶棍的下流的诽谤之中，又使她同他们对质。这可怕的思想使我昏乱得动摇了、糊涂了。

我的审讯官们本来似乎已经用心听着我的回答，显出一点好意，可是一见到我的昏乱，就重新对我抱起成见来了。近卫军军官就要我同那个主要的告发人对质。将军命令带昨天的罪犯来。我迅速地转身向着门口，等候着就要出现的我的告发者。几分钟后，听到脚镣的响声，门开了，进来了士伐勃林。他的外貌变得使我诧异。他是异常地消瘦、苍白。他的头发不久之前还是漆黑的，这时却完全变成花白；他的长须也长得蓬蓬松松。他用低弱的、然而很自信的声调重述自己的控告。他说明了，我是普加乔夫派到奥伦堡去的奸细，我每天骑马出城射击，是为了送交有关城里的消息的书面报告，最后又说我公然投降普加乔夫，同他一起在各要塞间巡行，千方百计地伤害叛变的旧同事，以便占据他们的职位和获得冒名者的赏赐。我静静地听完他的话，有一件使我满意的事：玛丽亚·伊凡诺芙娜的名字，没有被这个下流的恶棍说出来，也许因为这个姑娘曾经轻蔑地拒绝过他，说出来有伤他的自尊心；也许在他心里隐藏着和我一样的感情的火星，使他不愿意说出来。无论怎样，白山要塞司令的女儿的名字在审问中没有被提及。我更坚持了我的决心，所以当法官问我能用什么来反驳士伐勃林的控告，我就回答说，我只有原来的供词，而且我也不能添说别的来替自己辩护。将军命令带我们下去，我们一起走了出来。我静静地望了士伐勃林一眼，可是一句话也不对他说。他恶意地冷笑着，就提起他的脚镣，赶过我，又加快了脚步。他们重新把我带到监狱里，而且从此以后，也没有再提我去审讯过。

以下我要对读者叙述的一切，都不是我亲眼看见的。可是关于这一切，我听人说得太多了，居然连极细致的情节也深深地印入我的记忆里，我觉得仿佛我也无形中在场一样。

玛丽亚·伊凡诺芙娜受到了我的父母的诚恳优厚的招待，这是旧时的人们特有的作风。他们认为这是上帝的恩典，让他们能够收留和抚养一个不幸的孤女。不久他们就真心爱她了，因为认识了这样的姑娘而不爱她，是不可能的。我父亲不再以为我的恋爱是愚蠢的儿戏了，我母亲简直十分愿意她的彼得卢沙同这个可爱的上尉的女儿结婚。

我被捕的消息惊动了我的全家。玛丽亚·伊凡诺芙娜很率直地对我的父母讲述了我同普加乔夫的离奇的相识，这不但没有使他们发愁，反而使他们衷心地笑起来。我的父亲决不相信，我会参加这卑鄙的暴动，它的目的正是帝位的颠覆和贵族的毁灭。他严厉地盘问过萨威里奇。这个老管教人并没有隐瞒，他说他少爷曾去拜访叶美梁·普加乔夫，而那冒名者也永远好意地接待他，可是他又发誓说，他从来不曾听到过什么变节的事情。老人们都安心了，焦急地等候着好消息。玛丽亚·伊凡诺芙娜心里深深地感到不安，可是她沉默着，因为她有着非常谦虚和谨慎的天性。

过了几星期……忽然，我的父亲接到了一封从彼得堡我们的亲戚勃公爵寄来的信，公爵写信告诉他关于我的事情。叙了几句普通的寒暄之后，他告诉我的父亲，关于我参加普加乔夫的暴动的嫌疑，不幸得很，已经证据确实，本来要将我处死，以儆效尤，可是女皇陛下尊重我年老父亲的功绩和年龄，就决定赦免他的有罪的儿子，把他儿子终身流放到西伯利亚边区去，以代替不光荣的死刑。

这意外的打击几乎杀了我的父亲。他不再像平常那样镇静了，他的悲伤（平常是沉默的）就在苦恼的牢骚中流露出来。"怎么了！"他在暴怒之下连连地说，"我的儿子参加了普加乔夫的阴谋！真理的上帝呀！我活到什么份儿上了！女皇赦免了他的死刑！难道这样我就轻松点吗？死刑并不可怕：我的祖先因为坚持他认为神圣的意志，在刑场[1]上丧命；我的父亲也同了沃林斯基和郝鲁晓夫[2]一同遇难。可是贵族竟违背了自己的誓言，勾结强盗、凶手、脱逃的农奴！……这真是我们一族的奇耻大辱！……"我的母亲看见他这种绝望的神情，吓坏了，不敢在他面前啼哭，还想鼓励他，说流言是不足为凭的，常人的见解也时时改

---

[1] 在莫斯科红场内，以前在这里宣布最重要的沙皇谕旨，旁边曾经是杀人的刑场。——原注

[2] 沃林斯基是女皇安娜·伊凡诺芙娜政府中的大臣，他领导了一群贵族反对在宫廷里非常跋扈的德国人，一七四〇年他和他最亲近的战友郝鲁晓夫一同被杀。——原注

变。但我的父亲却安慰不了。

玛丽亚·伊凡诺芙娜的悲痛比谁都深。她相信，只要我愿意，我就可以洗刷自己的罪名，因而她猜到了其中的真相，她认为她就是我的一切不幸的来源。她不让别人知道她的眼泪和痛苦，却又坚决地设法救我。

一天晚上，我父亲坐在沙发上，翻着那本《皇家年鉴》的书页，可是他的思想却在远方，所以他的诵读也就不像往常一样对他起什么作用。他嘴里吹着老式的进行曲。我母亲静静地织着羊毛短衫，眼泪不时滴在她织的东西上。坐在一旁做针线的玛丽亚·伊凡诺芙娜，忽然说出了她必须到彼得堡去，她要求供给她旅费。我的母亲发愁了。"你为什么要到彼得堡去？"她说道，"难道说，玛丽亚·伊凡诺芙娜，连你也要离开我们了吗？"玛丽亚·伊凡诺芙娜回答说，她的整个前途全靠这次的旅行，她要凭着殉职者的女儿的身份，去寻求有权势的人的保护和帮助。

我的父亲低下头来：凡是能够使他记起他儿子的莫须有的罪名的话，都使他心碎，他听了就像是尖利的责骂。"去吧，我亲爱的，"他叹着气对她说道，"我们不愿意妨碍你的幸福。愿上帝给你个好丈夫，不是卑鄙的叛徒。"他站起来走出了房间。

玛丽亚·伊凡诺芙娜独自同我的母亲留在室内，对她说明了她的一部分计划。我母亲含泪拥抱着她，祷告上帝保佑这个计划能够顺利地成功。玛丽亚·伊凡诺芙娜的行装都准备好了，几天之后，她动身了，带着忠心的帕拉莎和忠诚的萨威里奇一同上路，萨威里奇自从被迫和我分别以后，想到他是在伺候我的未婚妻，也多少得到一些安慰。

玛丽亚·伊凡诺芙娜顺利地来到了苏菲亚[1]，她在驿站上听说女

[1] 距离彼得堡二十二维尔斯塔的一个驿站和市镇，在皇村附近。——原注

皇正在皇村[1]，她就决定在那里住下。她在驿站里租了一间在隔板后面的小房。驿站长的妻子立刻和她攀谈起来，告诉她说她是皇宫里司炉的侄女，又告诉她皇宫生活的一切秘密。她讲述了女皇早上几点钟醒来，喝咖啡，散步，有哪些大臣在这时候陪伴着她；昨天她进餐的时候说了些什么，晚上接见了谁。总而言之，安娜·符拉谢芙娜的这一席谈话，可以写成多少页的史料，为后代所珍视。玛丽亚·伊凡诺芙娜仔细地倾听着她的谈话。她们两个人到花园去了。安娜·符拉谢芙娜说明了每一条小径和每一座小桥的历史，散步够了，她们回到了驿站，彼此就成为知己了。

第二天早晨，玛丽亚·伊凡诺芙娜醒来，穿了衣服，就轻轻地走进花园。早晨美极了，太阳照耀着菩提树顶，这些树在秋天的新鲜的气息下，已经渐渐发黄了。宽广的湖面静静地在阳光下闪耀着，睡醒了的天鹅从长满湖岸的矮树丛下庄严地游了出来。玛丽亚·伊凡诺芙娜在美丽的草地旁的小径上散步，那里不久才建立了纪念彼得·亚历山得罗维奇·鲁勉采夫伯爵[2]最近获得胜利的纪念碑。忽然，一只英国种的小白狗吠着，向她跑来。玛丽亚·伊凡诺芙娜吓了一跳，站住了。就在这当儿，她听到了悦耳的女人的声音：“不要怕，它不会咬的。”这时候玛丽亚·伊凡诺芙娜看见了一位太太，坐在纪念碑对面的凳子上。玛丽亚·伊凡诺芙娜也在凳子的那一端坐下。那位太太很注意地望着她，玛丽亚·伊凡诺芙娜这时也斜着眼睛向那位太太瞟了几眼，把她从头到脚打量了一番。那位太太穿着一身白色的晨服，戴着睡帽，还穿着暖背心，看上去大约有四十岁左右。她那红润的胖脸露出一种安静的、庄严的神情，她那蓝色的眼睛和柔和的微笑也有一种说不出的美丽。那位太

---

[1] 现在的普希金城。在沙皇时代，它是沙皇们的避暑别墅。

[2] 著名的俄国统帅，俄军在他的统率下曾获得一系列的胜利。为了纪念他在卡古勒河上的胜仗（一七七〇年），在皇村里建立了纪念碑。——原注

太先打破了沉默。

"您大概不是本地人吧?"她说道。

"不是。我昨天刚从外省来。"

"您同您家里的人一起来的吗?"

"不。我独自来的。"

"独自?可是您还这么年轻。"

"我没有父亲,也没有母亲。"

"您到这儿来大约有什么事情吧?"

"是的,我是为了要上请愿书给女皇才来的。"

"您是孤女,大约是来上诉什么不公道和侮辱了您的事吧?"

"不。我来恳求恩典,不是来恳求公道的。"

"您能不能告诉我您是谁呢?"

"我是米罗诺夫上尉的女儿。"

"米罗诺夫上尉!就是奥伦堡管辖的一个要塞的司令吗?"

"是的。"

那位太太显然很感动了。"请您原谅,"她用更亲密的声音说道,"我居然来干涉您的事情。不过我是皇宫里的人,请您对我说,您请愿的是什么,也许我能够帮助您。"

玛丽亚·伊凡诺芙娜站起身来,很恭敬地谢了谢那位太太。这位陌生的太太身上的一切,不禁引起了她的注意,唤起了她的信任。玛丽亚·伊凡诺芙娜从袋子里取出一张折拢了的纸,交给那个不相识的女保护人,她就无声地读了起来。

起初她读得很注意而且表示同情,可是她的面色突然变了,玛丽亚·伊凡诺芙娜瞪着眼睛看着她的一举一动,看见她脸上那种愉快而安详的表情,一瞬间就变为很严厉的样子,使她吓了一大跳。

"您给格利涅夫请愿?"那位太太冷冷地说道,"女皇不能赦免他。他勾结了那冒名者并不是因为无知或者轻率,他简直是一个非常下流的无赖。"

"哎呀，那不对呀！"玛丽亚·伊凡诺芙娜喊道。

"怎么不对？"那位太太红着脸反驳说。

"不对，的确不对！我知道一切，我就对您说明一切。他是为了我一个人才碰到这一切不幸的。他没有在法院面前洗刷自己的罪名，也是为了不愿意把我牵连进去！"于是她热烈地讲述了读者们已经知道的一切。

那位太太极其注意地听完了她的话。"您住在哪儿呢？"她迟疑了一会儿问道，听到了是住在安娜·符拉谢芙娜那里的时候，就又微笑着说道，"哦，我知道了。再见吧！可是关于我们的谈话，不要对任何人说。我希望您不久就会等到回信。"

她说着话就站起来了，走进一条树叶稠密的小径，而玛丽亚·伊凡诺芙娜也回到安娜·符拉谢芙娜那里，充满了快乐的希望。

她的女主人对她这秋天清早的散步，批评了几句，照她说，这是有害于年轻姑娘的健康的。她端了茶炊进来，在喝茶的时候，她刚要没结没完地谈论皇宫的事情，忽然有一辆宫廷的马车在阶前停下，一个侍卫进来说，女皇陛下请米罗诺娃小姐进宫去。

安娜·符拉谢芙娜一边惊奇一边张罗起来。"哎呀，上帝！"她喊道，"女皇陛下要您进宫去！她怎么知道您的？可是您，我的小姐，怎么去见女皇呢？我想，您连在宫里该怎么走路都不知道……要不要让我陪您去？我至少也还能够指点您一点，而且您怎么能穿着旅行服进宫呢？是不是要派人到产婆那里去取她那件黄色礼服？"那侍卫说女皇要玛丽亚·伊凡诺芙娜一个人去，要她依旧穿着她现在所穿的那件衣服。没有法子，玛丽亚·伊凡诺芙娜坐上马车，就进宫去了，安娜·符拉谢芙娜却还在后面给她出主意和祝福她。

玛丽亚·伊凡诺芙娜预感到了我俩命运的决定。她的心强烈地跳着、颤着。几分钟之后，马车在皇宫前停下了。玛丽亚·伊凡诺芙娜战战兢兢地走上了楼梯。她面前的门立刻两扇一起开了。她经过许多空的、壮丽的房间,那侍卫给她指引着路。最后,到了关着的门边,他说马上进去通报一下,就留她一人在那里等着。

想到即刻要面对面地见女皇了,她不觉害怕起来,两条腿几乎站不住了。过了一会儿,门开了,她走进了女皇的梳妆室。

女皇坐在她的梳妆台前。有几个宫廷侍者围着她,他们很恭敬地散开,给玛丽亚·伊凡诺芙娜让路。女皇亲密地对她说话,玛丽亚·伊凡诺芙娜这才认出她就是刚才自己跟她坦白地谈过话的那位太太。女皇把她唤到身边,微笑着说道:"我很快乐,我能够实践我的诺言,而且满足您的愿望。您的事情已经解决了。我相信您的未婚夫无罪。这一封信,请您亲自带给您的未来的公公。"

玛丽亚·伊凡诺芙娜用颤抖着的手接过了那封信,就哭了起来,一下子跪倒在女皇脚边,女皇扶起了她,吻着她。女皇又同她谈了起来。"我知道你们不是富人,"她说道,"可是我对米罗诺夫上尉的女儿是有义务的。不要为您的将来发愁,我负责给您兴家立业。"

亲密地抚慰了这个孤女之后,女皇就让她走了。玛丽亚·伊凡诺芙娜又坐上那辆宫廷马车回去了。安娜·符拉谢芙娜着急地在等候她回来,问了她许许多多问题,玛丽亚·伊凡诺芙娜多多少少地回答了一些。安娜·符拉谢芙娜虽然不满意她的健忘,却认为这一切都是由于外省人的乡气,就很大度地原谅了她。在当天,玛丽亚·伊凡诺芙娜甚至连看也没有看一下彼得堡,就回乡下去了。

* * * * *

彼得·安得烈伊奇·格利涅夫的回忆录到这里就中断了。从家庭的故事里,我们知道他在一七七四年年底,奉女皇的命令被释放;在普加乔夫执行死刑的时候,他也在场,普加乔夫在人群中认出了他,还向他点点头,一会儿之后,他就死了,他那鲜血淋淋的头又被拿去示众。不久以后,彼得·安得烈伊奇就和玛丽亚·伊凡诺芙娜结了婚,他们的后裔在西姆比尔斯克过着幸福的生活。距离×××三十维尔斯塔的地方，有一个属于十个地主的村子。在那些偏屋中，有一间里面悬挂着一封装在玻璃框里的叶卡捷琳娜二世的亲笔信。这是写给彼得·安得烈伊奇的父亲的，信里写明了赦免他的儿子，又赞许米罗诺夫上尉的女儿的善良和聪明。彼得·安得烈伊奇·格利涅夫的手稿，是我们从他的一个孙子那里得到的，他知道我们正在研究他的祖父所描写的那一时代的事情。在获得了亲属的许可之后，我们决意将这份手稿分别印出来，在每章之前加上合适的题词，又大胆地改换了几个人名。

编者

一八三六年十月十九日

略去的一章^[1]

　　我们已经离伏尔加河岸很近。我们的团部进了×××村，在那里停下过夜。村长对我说，伏尔加河对岸所有的村庄都叛变了，到处都是普加乔夫的暴徒们，这个消息使我大大不安。我们得等到明天早晨才能渡河，我实在感到十分焦急。我父亲的村子就在河对岸相距三十维尔斯塔的地方，我问，能不能找到摆渡的船夫。村子里的人全是渔夫，小船很多。我走到格利涅夫那里，告诉他我的决心。"你小心一点吧，"他对我说道，"一个人去很危险。等到早晨，我们就最先过去，派五十名轻骑兵在你父母家里驻扎，可以防备一下。"

　　我坚持着我的主张。小船准备好了。我同两名船夫一起上了船。他们撑船离开了岸，就用力划去。

---

[1] 因为考虑到检查制度，这一章没有列入《上尉的女儿》定稿之内，只在原稿中保留着，普希金自己称之为"略去的一章"。后来其余的几章有了一些改动，这一章却没有改——如格利涅夫叫作布拉宁，祖林叫作格利涅夫。——英译本注

天很明朗，月亮辉煌地照耀着，也没有刮风。伏尔加河平静地流着。小船有节奏地摇荡着，顺着黑色的波浪很快地滑过去，我沉入幻想里了。大约过了半小时。我们已经到了河的中间……突然之间船夫们耳语着。"什么事？"我定了神问道。"我们不知道，天晓得。"船夫回答道，向一边望着。我也把眼睛转向那边，朦胧中看见有一个什么东西顺着伏尔加河的流水漂下来。这奇怪的东西渐渐逼近了。我命令船夫停住，等着。微云遮蔽了月亮，那漂流着的东西看上去更模糊了。它已经离我们很近了，然而我还看不出来。"那到底是什么呢？"船夫说着，"说帆，不是帆，说桅杆，又不是桅杆……"忽然，月亮从云层中闪了出来，照亮了这可怕的东西。原来向我们漂来的是钉在木筏上的绞架，三个尸首在横木上挂着。我的病态的好奇心发作了，我很想看一看这些绞死者的面貌。

依了我的吩咐，船夫们用钩子搭拢了木筏，我们的小船就撞到了这个漂流的绞架。我跳到木筏上，站在可怕的绞架的柱子之间。明亮的月光照着这些不幸的吓人的脸孔。一个是老年的楚瓦什人[1]，第二个是很强健的大约二十岁的俄罗斯农民。等我看到第三个，不觉大吃一惊，禁不住痛苦地喊了一声：那是凡卡，我的可怜的凡卡，因了自己的愚蠢，去投了普加乔夫。在他们的头上面钉着一块黑的木片，写着白的大字："强盗和叛徒"。船夫漠不关心地坐着等我，用钩子搭着木筏。我又跳进小船，木筏就顺流漂下去了。绞架还久久地在黑暗中隐约可见。最后，它消失了。我们的小船也来到了高高的陡岸……

我慷慨地付了船夫的钱。他们之中有一个领我到村长那里去，村子就在渡口旁边。我们一起走进了村长的小屋子，那村长一听到我要马，就很冷淡地接待我，可是我的向导低低地对他说了几句什么，他的冷淡立刻变成了慌张的殷勤。一会儿之后，一辆三匹马拉的车准备好了，我

---

[1] 俄罗斯的一个民族，今有楚瓦什共和国。

坐上车，就命令到我们的村子去。

我们沿着睡了的村子在大路上驰去。我只怕有人在路上阻止我，我夜间在伏尔加河上遇到的事情已经证明了还有叛徒存在，同时也证明了政府正在竭力抵抗。好在我的衣袋里既有普加乔夫给我的通行证，也有格利涅夫上校的命令，足以防备万一。可是我们没有遇见一个人，到了清早，我已经望见了河和枞树林，在枞树林后面正是我们的村子。车夫将马鞭打了一下，半小时后，我就进了×××村。

地主的宅子在村子的那一头，马用全身的力量飞跑着。忽然间，车夫在街道中央将马勒住了。"怎么回事啊？"我焦躁地问道。"放哨，老爷。"车夫回答道，竭力勒住了飞跑着的马。我果然看见了鹿角[1]和拿着木棍的哨兵。那乡下人走到我面前，脱下帽子，要我的通行证。"这是什么意思？"我问他道，"为什么要这鹿角？你替谁守在这儿？""亲爱的，我们起义了！"他回答说，用手抓着痒。

"可是你们的主子在哪儿？"我惊心地问道。

"我们的主子在哪儿？"乡下人重说了一遍，"我们的主子在谷仓里。"

"怎么在谷仓里？"

"村长安得留哈[2]已经命令把他们钉上脚镣，并且要把他们押送到我们的皇帝老子那儿去。"

"我的上帝呀！搬开这鹿角，混蛋！你愣着干什么？快一点！"

这守卫人还迟疑着。我从车子里跳出来，打了他（对不起！）一记耳光，推开鹿角。这乡下人呆头呆脑地望着我，糊涂了。我又坐上车子，就命令车夫赶快到地主的宅子去，越快越好。谷仓就在院子里，在关了的门边，站着两个拿木棍的乡下人。车子一直开到他们面前停下。

---

[1] 古代的军事防御物，用带枝的树木削尖，埋植于地上，以阻止敌人的行进。
[2] 安得烈的爱称。

我跳下车，奔向他们。"打开门来！"我对他们喊道。大概我的外貌太可怕了，至少是，他们立刻逃开，把木棍丢掉了。我想把锁打掉，打开门，可是这门是橡木做的，而且这巨大的锁也弄不断。就在这当儿，一个高高的年轻的乡下人从仆人的住所里走了出来，很骄傲地问我，怎么敢在这里胡闹。

"村长安得留希卡[1]在哪儿？"我对他喊道，"叫他来见我！"

"我是安得烈·阿法那谢维奇，可不是什么安得留希卡，"他很神气地回答道，两手撑着腰，"你要什么？"

我并不回答，就抓住他的衣领，拉他到谷仓的门边，命令他打开门来。起先这村长还想闹别扭，可是严父般的命令却对他起了作用。他掏出了钥匙，开了谷仓。我冲到里面。只有顶上一条狭小的裂缝透着微弱的光，在黑暗的角落里，我看见了我的父亲和母亲。他们的胳膊被捆绑着，他们的脚上又有脚镣。我向他们冲去，拥抱他们，一句话也说不出来。他们惊奇地望着我：三年的军人生活改变了我的外貌，他们竟不认识我了。母亲叹了一口气，眼泪雨点般地淌了下来。

忽然，我听到了熟悉的、亲爱的声音："彼得·安得烈伊奇，是您吗？"我呆住了……向后一望，我看见在另一个角落里，玛丽亚·伊凡诺芙娜也被捆绑着。

父亲望着我，什么也不说，连自己也不相信自己了，他的脸上闪烁着快乐的神情。我忙着用佩刀割断他们的绳扣。

"欢迎，彼得卢沙，欢迎！"父亲对我说道，紧紧地拥抱着我，"谢谢上帝，我们到底活到看见你的一天了！"

"彼得卢沙，我亲爱的，"母亲说道，"上帝怎么带了你来的！你好吗？"

我赶紧带领他们逃出这拘留的地方。可是当我走到门边，看到那门

---

[1] 安得烈的爱称。

又重新锁上了。"安得留希卡，"我喊道，"开门！""好像不能这样，"村长在门外回答，"你也在这儿坐一会儿吧。回头我们要好好地教训你，为了你这种胡闹，为了你抓皇帝的官员的衣领！"

我开始检查谷仓，看看有没有方法逃出去。

"不要费劲了，"父亲对我说道，"我管理家务，绝对不能让贼挖个窟窿，在我的谷仓里爬出爬进的。"

我的母亲起先看见了我是很快乐的，现在又陷在绝望之中，因为她看到连我也要随着全家一齐死了。可是我同他们和玛丽亚·伊凡诺芙娜聚在一起，却安下心来。我有一把佩刀和两支手枪，我们还能在这围困之中支持。格利涅夫到晚上就会来释放我们。我将这一切告诉了我的父母，使我母亲宽了心。他们这才充分感到了我们相聚的欢乐。

"好，彼得！"父亲对我说道，"你淘气也淘够了，我照规矩不能不生你的气。不过过去的事就不必再提了，我希望你现在已经改过自新。我知道，你已经依照忠心的军官的规矩服务了。谢谢你！你安慰了我这个老头子。假如这次我靠着你得救，那么我将来的生活就加倍的愉快了。"

我含着眼泪吻我父亲的手，并且望着玛丽亚·伊凡诺芙娜，她因为我的在场，竟快乐得似乎是完全幸福、安心了。

大约中午的时候，我们听到了惊人的喧哗和叫喊。"那是怎么回事呢？"父亲说道，"也许你的上校到了？""不可能！"我回答道，"他不能在黄昏之前到这儿。"喧哗的声音更响了，打着紧急的钟声。我们听见，骑马的人跑进院子。就在这当儿，萨威里奇的花白的头从那壁上的狭缝中伸来，我那个可怜的管教人凄凉地说道："安得烈·彼得罗维奇！阿芙多吉雅·伐西列芙娜！我的亲爱的彼得·安得烈伊奇少爷！亲爱的玛丽亚·伊凡诺芙娜小姐！不得了了！强盗进了村子了！你知道吗，彼得·安得烈伊奇，谁把他们领来的呢？阿力克舍·伊凡尼奇呀，让鬼捉他去吧！"听到这个可恶的名字，玛丽亚·伊凡诺芙娜拍了一下手，就一动不动了。

"听着！"我对萨威里奇说道，"立刻派人骑马到过渡的地方去，去找我们的轻骑兵团，把我们的危险情形通知上校！"

"可是派谁去呢，少爷！所有的小伙子都造反了，所有的马都给抢去了。哎呀！他们已经走到我们的院子里了！看，他们向谷仓走来了！"

这时候，门外发出了几个人说话的声音。我对母亲和玛丽亚·伊凡诺芙娜示意，要她们到角落里去。我拔出佩刀，靠在贴着门边的墙上。父亲拿着手枪，扳上了两支手枪的扳机，站在我旁边。锁的声音响着，门开了，村长的头探进来了。我用佩刀一击。他倒下了，堵住了门口。同时，父亲也向门口放了一枪。围攻我们的人群咒骂着，退了回去。我把这受伤的人拉过门槛，从里面闩了门。院子里满是武装的人们，其中我又认出了士伐勃林。

"不要怕，"我对女人们说道，"还有希望。可是爸爸，请您不要放枪了，我们要节省我们的最后的子弹。"

母亲默默地祷告上帝。玛丽亚·伊凡诺芙娜站在她身边，像天使一样安静，等候着我们的命运的决定。门后发出了威吓、侮辱、诅咒的声音，我还是站在原来的地方，准备劈碎那第一个胆敢探身进来的人。忽然暴徒们静下来了。我听到士伐勃林的声音，他叫着我的名字。

"我在这儿，你要怎样？"

"投降吧，布拉宁！反抗不中用了。怜惜你的两位老人吧。别扭是救不了你了，我能打到你跟前去！"

"试试看，叛徒！"

"我不想白费气力往里闯，也不想伤害自己的人。我只要命令放火烧这谷仓，那时候看你怎么办，白山的堂吉诃德[1]啊！现在是吃中饭

---

[1] 西班牙伟大小说家塞万提斯（一五四七—一六一六）的杰作《堂吉诃德》的主角，空想的英雄的典型。

的时候，暂时你没有事情，就坐着想一想吧。再见，玛丽亚·伊凡诺芙娜，我没有对不起您的地方，您同您的骑士在黑暗中待在一起，不会感到寂寞吧。"

士伐勃林去了，叫卫兵守着谷仓。我们大家一声不响，每个人都在想自己的事，谁也不敢把自己的心思告诉别人。我各方面都想到了，这恶意的士伐勃林要怎样地行凶，我几乎一点也不替自己担心。这还用说吗？我父母将来的命运，也没有像玛丽亚·伊凡诺芙娜的命运那样使我害怕。我知道，我的母亲向来就为农民和婢仆所爱，我父亲的性格虽然严厉，但他为人公正，知道照顾他的下人们的迫切的困难，所以他们也都敬爱他。他们的暴动只是误入歧途，只是一时的昏醉，并不是要发泄他们的愤恨。两个老人家一定可以得到他们的宽容。至于玛丽亚·伊凡诺芙娜呢？那个放荡的、恶劣的人又能给她准备怎样的命运！我简直不敢多作这样可怕的想象，我准备着，上帝饶恕，宁可杀死她，也不愿意看她重新落在残酷的敌人手里。

大约又过去了一小时。村子里听见了喝醉的人们的歌声。我们的卫兵嫉妒他们，却迁怒于我们，破口大骂，拿拷打和杀害来吓唬我们。我们等着士伐勃林的威吓的实行，终于我们听到了院子里又有好多人马行动，我们又听到了士伐勃林的声音。

"怎么样，你们想好了吗？你们情愿投降吗？"

没有人回答他。不多时，士伐勃林命令他的人拿麦秸来。再过了一会儿，麦秸烧着了，火焰照亮了谷仓的黑暗，烟气通过了门槛下面的裂缝。这时候，玛丽亚·伊凡诺芙娜走到我身边，拉着我的手，低声说道：

"得了吧，彼得·安得烈伊奇！不要因为我，害了你自己和你的父亲母亲，把我放出去吧，士伐勃林会听我的话的。"

"绝对不能！"我愤愤地喊道，"您知道您会遭到什么吗？"

"我决不受污辱，"她从容地回答道，"可是也许，我能救我的恩人和他一家，他们是这么慷慨，收容了我这孤苦伶仃的人。再会，安得烈·彼得罗维奇！再会，阿芙多吉雅·伐西列芙娜！你们待我比恩人还要好。祝福我吧！请您原谅我，彼得·安得烈伊奇！请您放心，那一定……那……"她哭了起来，用手遮着脸……我差不多发狂了。母亲哭着。

"不要胡说了，玛丽亚·伊凡诺芙娜，"我父亲说道，"谁能让你独自到那个强盗那儿去呢？坐在这儿，不要响！死就一起死吧。"

"听着！外边在说什么！"

"你们投降吗？"士伐勃林喊道，"你们看见了吗？五分钟之后，你们就要烤熟了！"

"我们决不投降，下流的恶棍！"父亲用坚定的声调回答他。

他那满是皱纹的脸因惊人的振奋而显得精神奕奕，他的眼睛在花白的眉毛之下闪闪发光。他转身向我，说道："现在是时候了！"

他拉开了门，火焰立刻窜到里面，卷上了长着干燥的苔藓的梁木。父亲放了一枪，就跨出燃烧着的门槛，喊道："都跟我来！"我拉了母亲和玛丽亚·伊凡诺芙娜的手，迅速地走到门外。门槛边躺着被我父亲的衰弱的手击中的士伐勃林。一群强盗起先看到我们突然冲出去，都跑开了，不久又胆壮起来，回来围住了我们。我用佩刀砍了几下，可是一块砖头掷中了我的胸口。我倒在地下，一时失去了知觉。恢复了知觉之后，我看见坐在血污的草地上的士伐勃林，我的全家都在他面前。他们扶着我的两臂。一群乡下人、哥萨克、巴什基尔人包围了我们。士伐勃林面色苍白得可怕极了。他一只手按着受伤的腰部。他的脸显露了苦痛和仇恨。他慢慢地抬起头来，望着我，用了低弱的、勉强可以听到的声音说道：

"绞死他……和他一家人……除了她……"

那一群人立刻抓住了我们，叫嚣着向大门口拖去。可是，忽然间他们放下了我们，四散逃走了。从大门口进来了格利涅夫，他后面是一队拿了出鞘的佩刀的轻骑兵。

暴徒四散奔逃，轻骑兵追着他们，佩刀向左右砍着，又俘虏了一些。格利涅夫跳下了马，向我的父母敬礼，又紧紧地握着我的手。"我来得正好！"他对我们说道，"哦！这就是你的未婚妻。"玛丽亚·伊凡诺芙娜羞得一直红到耳朵了。我父亲走到他跟前，以安静而感激的态度向他致谢。我母亲拥抱了他，称他为我们的救命天使。"请您到我们家里去。"我父亲对他说道，就领他走进我们的宅子。

从士伐勃林面前走过的时候，格利涅夫停住了。"他是谁？"他问道，望着这个受伤的人。"这就是那个领头的强盗，"我的父亲回答道，显出了身经百战的军人的骄傲，"上帝保佑我，用我的衰弱的手惩罚了这年轻的恶棍，又为我儿子的血报了仇。"

"这是士伐勃林。"我告诉格利涅夫说。

"士伐勃林吗？太好了。轻骑兵们，带他去！对医官说，给他裹伤，好好地看护他，像爱护自己的眼珠一样。士伐勃林必须解到喀山的秘案委员会去。他是一个主要的罪犯，他的口供很重要。"

士伐勃林张开了困倦的眼睛。他的脸除了深深的肉体的痛苦之外，没有任何表情。轻骑兵们用斗篷把他抬走了。

我们走进房间，我颤抖地向周围望着，记起了我的儿时。屋子里什么也不曾改变，一切东西都放在老地方。士伐勃林不许抢劫这房子，他虽然下流，却还是不由得厌弃卑鄙的贪污行为。仆人们走进了前房，他们没有参加暴动，真心地喜欢我们得救。萨威里奇庆幸着。应该说明一下，在受强盗攻击的紧急期间，他跑到马厩里，那里拴着一匹士伐勃林的马，他就套上了马鞍，偷偷地牵了出来，趁这骚乱的时候，没有人注意他，就一直骑到过渡的地方。他遇到了那一团人，已经渡过伏尔加河，在我们这边岸上休息。格利涅夫听他说我们在危险之中，就命令上马，迅速前进。上帝保佑，来得正是时候。

格利涅夫主张把村长的头在酒店旁边用杆子挑着，悬挂几小时示众。

去追击的轻骑兵回来了，带来了几个俘虏，把他们锁在我们刚才在里面忍受过值得纪念的围攻的同一个谷仓里。

我们都散了，各自回到自己的房间里。两个老人需要休息。我整夜没有睡觉，所以倒到床上就沉沉地睡去。格利涅夫也去处理自己的事务。

到了晚上，我们又聚集在客厅里喝茶，快乐地谈论着过去的危险。玛丽亚·伊凡诺芙娜给大家倒茶。我坐在她身边，一意招呼她。我们的父母愉快地望着我们多么和好。到了现在，那一夜的景象还在我记忆里活着。我真幸福，真幸福极了。在苦恼的人生中，这种时光又能有多少呢？

第二天，他们报告父亲说，农民们都到主子的院子里来请罪了。父亲走到台阶上对他们说话，他一出现，那些农民们都跪下了。

"怎么样，浑小子！"他对他们说道，"你们为什么想造反呢？"

"我们有罪，我们的老爷。"他们异口同声地回答道。

"正对，正对，你们有罪。你们胡闹了，而且自己也后悔了。好！为了今天我们一家人的快乐，我饶恕你们，因为上帝保佑，我重新看到了我的儿子彼得·安得烈伊奇。好！刀子不砍投降的人的头！"

"我们有罪呀！我们自然有罪呀。"

"上帝赐给我们好天气。已经是割草的时候了，可是你们，浑小子，整整的三天，都干了些什么？管家，吩咐他们一个个都割草去！你要留心，红头发的家伙，圣伊里亚节以前，一切草都要上垛。去吧！"

农民们鞠了躬，做工去了，好像什么事也没有发生过似的。

士伐勃林的伤原来并没有致命的危险，他被护兵押解到喀山去了。我从窗口看见怎样把他装上了车。我们的眼光相遇了，他低下头去，我也迅速地离开窗子。我怕表示出来，好像我对于我的仇人的不幸和屈服很为得意。

格利涅夫必须继续前进。我虽然想和家人再多住几天，但依然决意跟他走。在我们出发前一天，我到我的父母那里，依照那时的习惯，跪在他们面前，恳求他们祝福我和玛丽亚·伊凡诺芙娜的婚姻。两位老人扶起了我，流着欢乐的眼泪，表示了他们的同意。我又领了苍白的、颤抖着的玛丽亚·伊凡诺芙娜到他们跟前。他们祝福了我们……我那时所感觉到的是什么，我现在不再来描写了。谁要是有过我这种经历，不用我说他也会明白；对于还没有我这种经历的人，我只能表示惋惜，并且劝告他们，趁着还不太晚，赶紧进行恋爱，获得父母的祝福。

第二天，我们全团集合了。格利涅夫和我一家人道别。我们大家都确信，战事不久就会结束，我希望一个月之后就能做新郎。玛丽亚·伊凡诺芙娜当了大家的面，和我接吻道别。我上了马，萨威里奇跟在我的后面，这一团又前进了。

走了很久，我还屡次远远望着我又离开了的我们在农村中的宅子。黑暗的预兆使我不安，似乎有人向我耳语：我的坏运还没有走完呢。我的心中预感着新的风波。

我不再描写我们的进军和普加乔夫战事的结束了。我们经过被普加乔夫洗劫过的村落，又不得不从灾民手里夺去强盗本来留给他们的东西。

他们不知道，应该服从谁，各地的行政都停顿了。地主都躲在森林里，匪帮到处横行；被派去追击当时逃往阿斯特拉罕的普加乔夫的各部队长官，都不分良莠地任意处罚……这遍地烽火的广大边区的景象，真可怕极了，愿上帝保佑你，不让你看到这俄国的暴动——既无意识又残酷的暴动。那些打算在我国发动不可能成功的政变的人们，不是太幼稚和不了解我们的人民，就是太残忍，把别人的脑袋和自己的脖子都看得分文不值。

普加乔夫被伊·伊·米赫里孙追得直跑，不久我们得到了已经将他彻底击溃的消息。最后格利涅夫从自己的将军那里接到了擒获冒名者的通知，以及停止军事行动的命令。我终于可以回家了。我感到狂喜，可是有一种奇异的情感抑制了我的愉快。

译后记

这个译本最初是根据世界语译本于一九四三年译成的，一九四七年曾由上海文化生活出版社收入《译文丛书》。现在的本子是由毕慎夫同志根据俄文原本校改过的：第一章至第十四章据一九五一年苏联儿童文学出版社的《上尉的女儿》，最后"略去的一章"据一九五〇年苏联科学院出版社的《普希金全集》第六卷。此外又参考了一九五四年莫斯科外国文书籍出版社的英文译本。

儿童文学出版社的《上尉的女儿》附有布拉果依所加的注释，凡采用于中译本的就注明"原注"二字。出自英译本的注释也一一注明。其他的注释则几乎全是毕慎夫同志加上的。

英译本还有三条较长的注释，对于了解本书作者的原意有所帮助，所以也录在下面，以供读者参考：

（一）关于第六章里赞美亚历山大皇帝的仁慈的统治和主张温和的改革（正文第七四页）：

这一点由格利涅夫的嘴里说出来的感想，只能视为对于当时的检查制度的让步，决不能看作普希金的真正的社会的和政治的观点。这里说的"亚历山大皇帝的仁慈的统治"的话，只要比较一下普希金在一首诗中所描写的亚历山大一世，就很明显地有着讽刺的意味，"无力而奸诈的统治者……道地的花花公子……侥幸地获得光荣的懒汉"。

（二）关于第十三章里痛恨这既无意识又残酷的俄国的暴动（正文第一五〇页）：

格利涅夫的感慨并不就是普希金自己的政治见解。普希金虽然不很赞许这一次混乱的农民暴动，但也决不认为普加乔夫起义是"无意识的"。他在关于《普加乔夫的历史》的《一般的札记》（不预备印行的）上写着："一般的人民完全站在普加乔夫一边……普加乔夫及其支持者所采取的策略，经过仔细研究之后，我们不能不承认，这些起义者选择的方法还是实现他们的目的的最好方法。"

（三）关于第十四章里叶卡捷琳娜二世的形象的描写（正文第一六二至一六六页）：

《上尉的女儿》中的叶卡捷琳娜二世的形象，是依据官方的记事，用一种微妙的、潜在的讽刺描写了的。这一点，只有和普希金在并不预备印行的札记里对于这位女皇的真正的评价比较一下，读者才能够领略："假如政治才干只是了解人类弱点而又加以利用的能力，那么叶卡捷琳娜倒是值得后人称道的……然而那时候是一定要来的，当历史要重新估价她的统治对于德行的影响，揭开那温和和宽容的假面，显露出她的专制政治的残酷的实质，为她的爪牙所压迫的人民，为她的情夫所掠夺的国库，并揭露出财政上主要的过失、不合适的法律制度，她和当时哲学家们的可厌而滑稽的关系——那么即使是受骗的伏尔德的声音，也不能从俄国的咒骂中救出她的光荣的记忆来了。"

孙用

一九五五年九月

"俄苏文学经典译著·长篇小说"书目

沙宁　　　[苏联] 阿尔志跋绥夫 著／郑振铎 译

罗亭　　　[俄国] 屠格涅夫 著／陆蠡 译

少年　　　[俄国] 陀思妥耶夫斯基 著／耿济之 译

死屋手记　　[俄国] 陀思妥耶夫斯基 著／耿济之 译

罪与罚　　　[俄国] 陀思妥耶夫斯基 著／汪炳琨 译

卡拉马佐夫兄弟　　[俄国] 陀思妥耶夫斯基 著／耿济之 译

白痴　　　[俄国] 陀思妥耶夫斯基 著／耿济之 译

铁流　　　[苏联] 绥拉菲莫维奇 著／曹靖华 译

父与子　　　[俄国] 屠格涅夫 著／耿济之 译

处女地　　　[俄国] 屠格涅夫 著／巴金 译

前夜　　　[俄国] 屠格涅夫 著／丽尼 译

虹　　[苏联] 瓦西列夫斯卡娅 著／曹靖华 译

保卫察里津　　[俄国] 阿·托尔斯泰 著／曹靖华 译

静静的顿河　　[苏联] 肖洛霍夫 著／金人 译

死魂灵　　[俄国] 果戈里 著／鲁迅 译

城与年　　[苏联] 斐定 著／曹靖华 译

钢铁是怎样炼成的　　[苏联] 奥斯特洛夫斯基 著／梅益 译

诸神复活　　[俄国] 梅勒什可夫斯基 著／郑超麟 译

战争与和平　　[俄国] 列夫·托尔斯泰 著／郭沫若　高植 译

人民是不朽的　　[苏联] 格罗斯曼 著／茅盾 译

孤独　　[苏联] 维尔塔 著／冯夷 译

爱的分野　　[苏联] 罗曼诺夫 著／蒋光慈　陈情 译

地下室手记　　　[俄国] 陀思妥耶夫斯基　著／洪灵菲　译

赌徒　　[俄国] 陀思妥耶夫斯基　著／洪灵菲　译

盗用公款的人们　　　[苏联] 卡泰耶夫　著／小莹　译

在人间　　　[苏联] 高尔基　著／王季愚　译

我的大学　　　[苏联] 高尔基　著／杜畏之　萼心　译

赤恋　　[苏联] 柯伦泰　著／温生民　译

夏伯阳　　　[苏联] 富曼诺夫　著／郭定一　译

被开垦的处女地　　　[苏联] 肖洛霍夫　著／立波　译

大学生私生活　　　[苏联] 顾米列夫斯基　著／周起应　立波　译

叶甫盖尼·奥涅金　　　[俄国] 普希金　著／吕荧　译

盲乐师　　　[俄国] 柯罗连科　著／张亚权　译

家事　　　[苏联] 高尔基　著／耿济之　译

我的童年　　　[苏联] 高尔基　著／姚蓬子　译

贵族之家　　　[俄国] 屠格涅夫　著／丽尼　译

毁灭　　　[苏联] 法捷耶夫　著／鲁迅　译

十月　　　[苏联] A. 雅各武莱夫　著／鲁迅　译

安娜·卡列尼娜　　　[俄国] 列夫·托尔斯泰　著／周笕　罗稷南　译

克里·萨木金的一生　　　[苏联] 高尔基　著／罗稷南　译

对马　　　[苏联] 普里波伊　著／梅益　译

暴风雨所诞生的　　　[苏联] 奥斯特洛夫斯基　著／王语今　孙广英　译

猎人日记　　　[俄国] 屠格涅夫　著／耿济之　译

上尉的女儿　　　[俄国] 普希金　著／孙用　译

被侮辱与损害的　　　[俄国] 陀思妥耶夫斯基　著／李霁野　译

复活　　　[俄国] 列夫·托尔斯泰　著／高植　译

幼年·少年·青年　　　[俄国] 列夫·托尔斯泰　著／高植　译

烟　　[俄国] 屠格涅夫　著／陆蠡　译

母亲　　　[苏联] 高尔基　著／沈端先　译